万能「村づくり」チートでお手軽スローライフ

vol. 7

KUZUSHICHIO
ILL.ISEGAWA YASUTAKA

物紹介

ルーク

主人公。
アルベイル侯爵の息子で
前世の記憶を持つ。

セレン

ルークの元婚約者。
氷剣姫という二つ名を持つ。
ルークが大好き。

ミリア

ルークのメイド。
追放されたルークに付き従った。
ルークのことが…

登場人

フィリア
エルフの戦士長。
族長の娘でもあり、村のあるものに嵌まっている。

セリウス
セレンの弟。
少女のような外見だが、強い。

ラウル
ルークの弟。
ギフト『剣聖技』を持つ。
すごく強い。

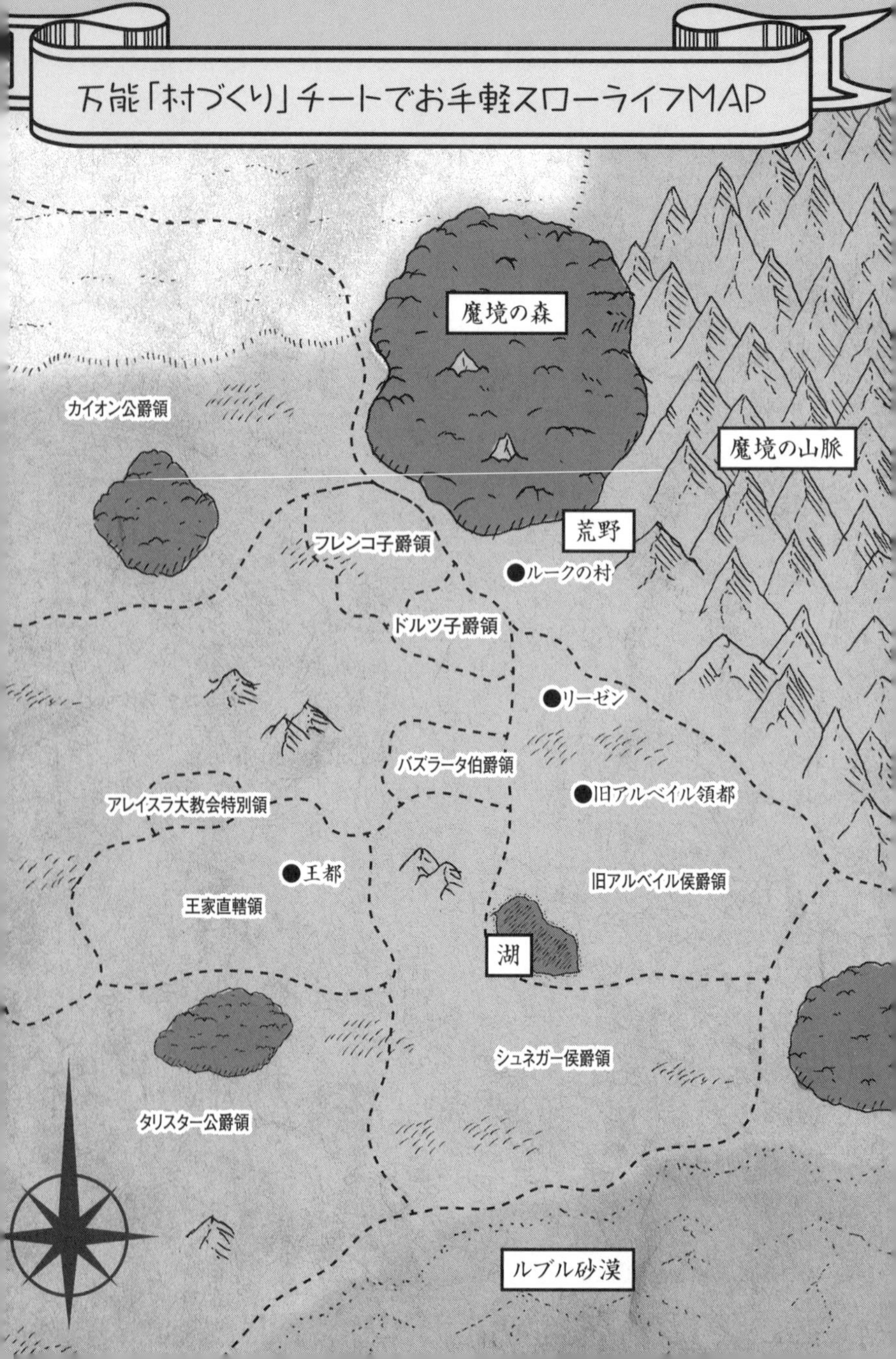

万能「村づくり」チートでお手軽スローライフMAP
魔境の森
魔境の山脈
カイオン公爵領
荒野
フレンコ子爵領
ルークの村
ドルツ子爵領
リーゼン
バズラータ伯爵領
旧アルベイル領都
アレイスラ大教会特別領
王都
旧アルベイル侯爵領
王家直轄領
湖
シュネガー侯爵領
タリスター公爵領
ルブル砂漠

世界地図

獣人族の領域
ローダ王国
ルークの村
セルティア王国
エドウ
キョウ
スペル王国
アテリ
王国
メトーレ
王国
ゴバルード
共和国
オオサク
バルステ王国
帝国が征服した領域
クランゼール帝国

前巻までのあらすじ

異世界へ転生し、侯爵家に生まれたルークは謎のギフト『村づくり』を授かってしまう。

しかも、弟のラウルが強力なギフト『剣聖技』を授かり完全に立場が逆転、
父親のアルベイル侯爵によって、十二歳の彼は領都から追放されてしまった。

不毛の荒野へと辿り着いたルークだったが、
そこで謎のギフト『村づくり』が発動、あっという間に村を作ってしまう。

この小さな村で細々と暮らしていこう。

そう思っていたのだが――

村人が増え、どんどんギフトのレベルが上がり『村づくり』も進化していく。

気づけば高層建築が立ち並び、最高の美食と暮らし心地、数多くの美女と文化、
最強の軍事力を誇る「村」と化していた……！
「いや、これもう村じゃないよね？　僕のスローライフどこいった…？」

そしてルーク達は、ついに大陸の半分を支配する超大国・クランゼール帝国と激突する！

多くの巨人兵と強大な軍を持つ帝国も、激闘の末、ルークと仲間たちの前に敗北。

彼らの快進撃は続くのだった。

もくじ

プロローグ

「皆さん、準備はよろしいですか？」

「「「「はいっ！」」」」

ミリアの問いかけに、熱狂的な返事が返ってくる。

五人一組、計二百組からなる大集団だ。

一様に熱に浮かされたような表情を浮かべた彼らに、ミリアは高らかに告げる。

「あらためて説明する必要もないかと思いますが、あなた方は選ばれたのです。そう、ルーク様の素晴らしさを世界中の人々に知らしめるという、尊い使命を担う伝道師として！」

「「「「うおおおおおおおおおおっ!!」」」」

大聖堂が揺れんばかりの勢いで、信者たちの声が響き渡った。

彼らはミリアが秘かに手をかけて育て上げてきた、指折りの信仰者たちなのである。

すでにこうした伝道師の部隊は、少なくない数が村を飛び出して、各地で布教活動に励んでいた。

ただしその大半は、セルティア王国内でのこと。

だが今ここに集う伝道師たちが向かう地は、もはやこの国だけに留まらない。

ここ最近、各国との交流が一気に広がってきたことで、ついに国外にまで布教活動の場を広げようというのである。

もちろん全員がしっかりと聖典『ルーク様伝説』を携えている。

「たとえどんな困難があろうとも、皆さんにはルーク様のご加護がございます！　必ずや乗り越えられるでしょう！　さあ、行くのです！」

「「「おおおおおおおおおおっ！」」」

こうして熱狂的な千人もの伝道師たちが、世界各地に散っていったのだった。

◇　◇　◇

帝国の一件以降、色んな国との交流が大いに活発になった。

ゴバルード共和国、アテリ王国、スペル王国、メトーレ王国といった国々とは、すでに僕の村と主要都市が鉄道によって完全に繋がっている。

そのため移住希望者や観光客、商人など、たくさんの人たちが村にやってくるようになっていた。

さらに最近、あのローダ王国からも、ぜひ鉄道での行き来ができるようにしてほしいとの打診を受けている。

現在、影武者にその作業をやらせている最中だけれど、これが完成したらローダの人々も大勢押し寄せてくるかもしれない。

もちろん東方の国々からも、以前と同じか、それ以上の勢いで人が来ている。

とりわけキョウ国からは、なぜかうちの大聖堂への参拝目的で来る人が非常に多かった。

加えて帝国の属国となっていた国々からも、使者団が頻繁にこの村を訪ねてくるようになっている。

今までの流れから考えて、恐らく遠くないうちにこれらの国々とも交流が始まるだろう。

「うーん、大量にマンションやホテルを作ったけど、まだまだ全然足りないかも？　城壁を動かして、もっと土地を広げないと……」

人が増えるたびに広げてきたこの荒野の村だけれど、今やセルティアの王都を凌駕する広さになりつつある。

王都より高層の建築物が多くてそんな状態なので、もちろん人口はとっくに王都を追い抜いていた。

そして人が大勢やってくるということは、当然、よからぬことを企む人も増えるということで……。

「へっ、こんなに簡単に村に入ることができるとはな。しかもこの人間の数……くく、大量の魔薬が売れそうだぜ。ん？　何だ、急にいかつい連中がこっちに近づいて……まさか、俺が魔薬を所持していることがバレた？　いや、そんなはずは……って、完全に取り囲まれた!?）ちょっ、何しやがる!?　放せっ！　うあああああっ!?」

衛兵たちが魔薬の売人を更生施設へと連行していく。

他にも詐欺師だったり、凶悪犯罪者だったり、あるいはテロリストや危険なカルト教団の信徒たちなんかが頻繁に来たりしていた。

村人鑑定を使えば、そうした連中は丸分かりなのだ。

もちろん僕一人じゃ到底チェックし切れないので、影武者たちを村の出入り口に配置して、常時、監視してもらっていた。

もし怪しい者がいたら、衛兵たちのリーダーであるサテンが『念話』のギフトを使ってその心を読み、場合によっては有無を言わさずに強制連行するのだ。

「それにしても最近、やけに最初から愛村心が高い人ばかりなのは何でだろう……？」

第一章　ネクロマンサー

「え？　村の力を貸してほしい？」

その日、とある冒険者たちから、ある打診を受けた。

「はい。実は我々、少し前からスペル王国で活動しているのですが、どうしても攻略の難しい場所がありまして。冒険者たちはもちろん、騎士団も手が出せず、現地の人々は眠れない夜を過ごされているのです」

実は彼らは、この村で結成された冒険者パーティなのだという。

しかし最近、冒険者の活動を通して困っている人たちを助けたいと、新天地を求めて村を出たばかりらしい。

すごい。なんて偉いんだろう。

確かにこの村はダンジョンや魔境があって、稼ぐだけなら冒険者にとってはこれ以上ない環境だ。

だけど、魔物に畑を荒らされてしまうとか、村の近くにゴブリンが巣を作ってしまったとか、そういう切実な状況で冒険者に依頼をしてくる人なんていない。

「たとえ報酬が少なくとも、人々のためになることをしたいと思ったのです」

「うんうん、なかなかできることじゃないよ」

「(本当は冒険者パーティと見せかけた、伝道師の一団ですけどね！　困っている人たちを助け、感謝されたところで、すべてはルーク様のお陰だと説くのです！　そうしてどんどん信者を増やしていく！　それこそが、聖母ミリア様が考案された布教大作戦！)」

「ん？　どうしたの？」

「いえ、何でもありません！」

実力的にも優れている彼らは、すでに新天地で大活躍しているという。

ただ、そんな彼らであっても、解決が難しい案件があるのだとか。

「アンデッドに支配されてしまった都市があるのです」

どうやら凶悪なアンデッドの群れに襲われて、都市ごと乗っ取られてしまったらしい。

もちろん軍が動いて討伐を試みたそうだけど、返り討ちに遭ったばかりか、兵士の一部がアンデッド化して逆に相手の戦力を増やす結果になってしまったとか。

それ以降、放置されたままになっていて、住民たちも帰ることができずに途方に暮れているそうだ。

「えっ、あのアンデッドどもを一掃してくれるじゃと？」

「確実にできるかどうかは分かりませんが、そのつもりです。ただ、スペル王国内の問題ですし、勝手にやるわけにもと思いまして、一応許可をいただこうかなと」

「むしろぜひやってくれ！　最近段々とアンデッドの領域が広がりつつあって、困っていたところなのじゃ！」

念のためスペル王国の王様に挨拶に行くと、二つ返事でＯＫされた。

ちなみに以前、一度この国には招待され、王様とも面識があった。それもあって、この謁見自体もすんなりと許可された。

そうして僕たちは目的地へと向かう。

スペル王国の王都から北方向、地中海とは逆の向きに空飛ぶ公園で移動することしばし。

ローダ王国との国境とそれほど遠くないところに、その都市はあった。

「かつては王国内でも非常に栄えた都市の一つだったそうですが、今やこの辺り一帯がアンデッドの巣窟と化し、魔境になってしまっているのです」

冒険者パーティのリーダー、ベガレンさんが説明してくれる。

「それにしても暗いね？　まだお昼なのに……」

「アンデッドに支配されて以来、この地だけ太陽が昇らなくなってしまったみたいなんです。なので昼も夜も関係なく、アンデッドが徘徊しています」

地上を見下ろしてみると、確かにそれらしき影があちこちに蠢いていた。

もし地上から都市に向かっていたら、アンデッドの大群とやり合う羽目になっていただろう。

正攻法でこの魔境を攻略するのは至難の業で、この国の軍隊が匙を投げたというのも頷ける。

「このまま空から直接、街に乗り込んじゃおう」

並のアンデッドだけでは、ここまで酷い状況にはならない。元凶となる高レベルのアンデッドがいるはずだと僕たちは予測していた。

「そいつはどこにいるのかしら？」

「うーん、何となく、あのお城が怪しそうだけど……」

セレンの疑問に、僕はほとんど直感で答える。

今回このアンデッド討伐作戦に参加しているのは、セレン、フィリアさん、セリウスくん、ゴリちゃん、ノエルくんといったお馴染みのメンバーたちに加え、冒険者であるアレクさんたちだ。

アレクさんが率いる冒険者パーティ『紅蓮』には、対アンデッドに有効な光系の魔法を使えるガイさんがいるからね。

ぜひ力を貸してほしいと、こちらからお願いしたのである。

さらに本人たっての希望で、アカネさんとマリベル女王も参加していた。

ついでにガンザスさんとカシムも。

「って、カシム、なぜお前まで!?」

「マリベル陛下、オレもあんたの力になりたいんだ！」

「だからその呼び方はやめろと言っているだろう!?　お前にそう呼ばれると、全身が痒くなる……っ！」

カシムはマリベル女王の実の兄だ。

『暗黒剣技』のギフト持ち、女王から国を奪った逆賊だったけれど、今ではすっかり更生して、元盗賊たちと一緒に村の衛兵として働いている。

ただ、ほとんど別人と化した兄の様子を、マリベル女王は本気で気味悪がっていた。

「ところでアカネさん、大丈夫？　さっきから顔が真っ青だけど？」

「だだだ、大丈夫でござるよ!?　けけけ、決してアンデッドが怖いとか、そういうわけではござらぬからなっ!?」

アンデッドが怖いんだろうなぁ……。

もちろんあらかじめアンデッドの巣窟に挑むことは伝えていた。なのに何で参加を希望しちゃったんだろう……。

「アンデッドが怖いならやめておいたらよかったのに」

「だ、だから怖くないと言ってるでござろう!?」

「あっ、後ろにゴーストが！」

「ひいいいいいいいいいいいいいっ!?」

頭を抱えてその場に蹲ってしまうアカネさん。

どう考えても言い逃れなど不可能だ。この調子では戦うこともできそうにない。

「正直言って足手まといなので、アカネさんだけこの公園に残ってくれる？」

「そそそ、それだけは絶対に嫌でござる!?」

アカネさんが必死に縋りついてくる。

どうやら一人にされるのも怖いみたいだ。

「くっ、拙者のせいで迷惑をかけてしまうとはっ……もはや切腹するしかないでござるうううううっ！」

「いや、アンデッドなんかより死ぬ方がよっぽど怖いでしょ……」

みんなでアカネさんを止めていると、マリベル女王が言った。

「ここで死ぬとアンデッドになってしまうのでは？」

「はっ!?」

アカネさんが目を見開く。

「切腹したら拙者自身がアンデッドに!?　どどど、どうすればいいのでござる!?」

自分がアンデッドになるのも怖いようで、アカネさんは切腹を断念してくれた。

本当に面倒な人だ……。

仕方ないので、アカネさんも一緒に連れていくことになった。

瞬間移動で村に帰すこともできるんだけれど、一人にしたら切腹しかねないし……。

「拙僧に任せよ。お主に近づくアンデッドは、余さず浄化してしんぜよう」

不安そうにしているアカネさんに、同じ東方出身であるガイさんが胸を叩いて請け負う。

だけどその視線はアカネさんの胸やお尻に注がれていたので、アカネさんのサポートはパーティ『紅蓮』の紅一点であるハゼナさんにお願いすることにした。

「任せておきなさい！」

「むう、何ゆえ……」

「だってあんた、どさくさに紛れてセクハラしそうでしょ！」

ガイさんは僧侶だけれど、煩悩まみれのエロ坊主なのだ。

そうこうしている間に公園は街の中心部に。

そのままお城の目の前の広場に着陸させる。

僕たち人間の姿を見つけるや否や、そこに蠢いていた無数のアンデッドたちがこちらに殺到してきた。

「ぎゃあああああああっ、こっち来たでござるうううううううっ！」

「アンデッドは生者に群がる性質があるのよぉん」

目を剝いて絶叫するアカネさんに対して、ゴリちゃんは軽く苦笑しつつ、迫りくるアンデッドの群れを迎え撃とうと拳を構えながら前に出る。

「どっせええええええええええええええええいっ!!」

「「「〜〜〜〜〜〜〜〜〜〜〜ッ!?」」」

アンデッド数体がまとめて吹き飛んでいった。

ゴリちゃんの攻撃を皮切りに、みんなが一斉にアンデッドを蹴散らしていく。

アンデッドは数こそ多いものの、精鋭ぞろいのメンバーたちの敵ではなかった。あっという間に広場にいたアンデッドを殲滅してしまう。

「相変わらず村の精鋭陣は別次元だな……」

「やはり私たちでは割り込む隙もないようですね……」

「……我々もついてくるべきではなかったかもしれないな」

ベガレンさんたちのパーティが苦笑している。

「でも、どんどん来るね」

「いちいち相手してたらキリがないわ。どうすんのよ、ルーク?」

「拙僧はあの城から強い不浄な気配を感ずる」

ガイさんもこう言ってるし、やっぱりあの城が怪しそうだ。

「後ろから来るアンデッドは無視して、一気に城内に突入しよう」

そうして僕たちは立ちはだかるアンデッドだけ排除しつつ、ひたすら前進することに。

城門が固く閉じられていたけれど、領地強奪で村の一部に加えてしまえば、後は施設カスタマイズで簡単に抉じ開けることができた。

「む、気をつけろ。何かいるぞ」

城門を潜り抜けた先で、感覚の鋭いフィリアさんが真っ先にそれに気づいた。

直後、地中から巨大な何かが這い出してくる。

土を散乱させながら姿を現したのは、巨大なスケルトンだった。何本もの腕を有し、ボロボロの大剣を幾つも構えている。

「あらぁん、なかなか骨のありそうなアンデッドもいるじゃなぁい。スケルトンだけに」

ゴリちゃんが珍しくしょうもない冗談を言った直後、その巨大スケルトンが大剣を振り回しながら躍りかかってきた。

「村長、任せて」

盾を構えてそれを迎え撃ったのはノエルくん。

『盾聖技』のギフトを持つノエルくんは、うちの村で随一の盾役だ。

ズガガガガガガガガンッ!!

巨大スケルトンが猛烈な勢いで放つ大剣の連撃を、ノエルくんはその盾で完璧に受け止めていく。

スケルトンの攻撃の威力を物語るように、こちらまで凄まじい風圧が押し寄せてきているというのに、ノエルくんはその場からビクともしていない。

「あらぁ、すごいじゃなぁい♡」

　ゴリちゃんが感心したように手を叩く。

　ノエルくんの身長はいまや、二メートル超えのゴリちゃんと変わらない。

　以前はどちらかというと線が細い方だったのに、筋トレの効果か、肩幅もがっしりしてきて体格でもゴリちゃんに迫る勢いだ。

「～～～～～ッ!?」

　巨大スケルトンもまさか自分の攻撃を防がれるとは思っていなかったのか、ちょっと焦っているように見える。

　そうしてノエルくんが敵を引き付けている隙に、みんなが巨大スケルトンを取り囲み、一斉に攻撃を仕掛けた。

　分厚い骨が次々と折れて砕け散り、巨大スケルトンは地面に崩れ落ちた。

「た、倒せたでござるか……？」

　その間、ずっと僕とハゼナさんの後ろに隠れていたアカネさんが、恐る恐る訊いてくる。

「ううん。ほとんどバラバラになったのに、まだカタカタ言ってる。しぶといね。ほら、アカネさんの後ろに落ちてる腕も動いてるでしょ」

「ひぎゃあああっ!?」

　アンデッドだけあって、耐久力が高いようだ。

　しかも砕けた部分がゆっくりとくっ付き始めているので、放っておくと復活してしまいそうである。

「拙僧に任せるがよい。南無！」

ガイさんが浄化の魔法を使って、ようやく完全に動かなくなった。

「よし、先に進もう！　アカネさん、そんなところで蹲ってたら置いてくよ？」

「それは絶対ご免でござるううううっ！」

「ちょっ、そんなふうに縋りつかれたら歩けないでしょ。ほら、ちゃんと立って。え？　立てない？」

「こ、腰が抜けてしまったでござる……っ！」

ほんと何で来たんだろう、この人……。

「ならば拙僧が抱えてしんぜよう」

「「エロ坊主は引っ込んでろ！」」

足手まといのアカネさんは、マリベル女王が運んでくれることになった。魔法使い系のハゼナさんはあまり腕力がないからね。

「マリベルお姉ちゃん、大丈夫？」

「これくらいお安い御用だ」

「女王様に変なもの持たせてごめんね」

「もしかして変なものとは拙者のことでござるか……？」

「他にいる？　でも痩せてよかったね。もし太ったままだったら、本当にその辺に置いていったよ」

「あ、危ないところだったでござる……」

僕たちは城の中心部へと突き進んだ。

「っ、スライム!?」

「めちゃくちゃ臭くない……っ!?」

「うおっ、腐った液体を吐き出してきたぞ……っ！」

「おえええええええええっ！」

「アカネさんそこで嘔吐しちゃダメっ、マリベルお姉ちゃんがあああっ！」

「なんか泣き声が聞こえてくる……？」

「女のゴーストだっ！　魔法を放ってきた!?」

「しかも消えた!?　っ……後ろだ……っ！」

「んぎゃあああああああっ！　……ガクッ」

「アカネさんが気絶しちゃった!?」

と、そんな感じで途中、腐乱した巨大なアンデッドスライムや強力な魔法を使ってくるゴーストといった、上位のアンデッドにも遭遇したけれど、それも危なげなく撃破。やがて辿り着いたのは謁見の間と思われる広々とした部屋だ。

ちなみにアカネさんは気を失っている。静かになってちょうどよかった。

「……椅子に誰か座ってるわね」

「うん、どう考えても普通の人間じゃないよね」

部屋の奥にある豪奢な椅子に腰かけていたのは、まるで絵画から飛び出してきたような端整な顔立ちと、抜群のスタイルをした若い女性だった。

妖艶な笑みを浮かべて僕たちを待ち構えている。

「ガイさん、あれは？」

「うむ。娼館なら即指名するレベルの上玉であるな」

「そういうこと聞いてるんじゃないんだけど？」

僕が睨むと、ガイさんは少し慌てて、

「残念ながらアンデッドに相違ない」

何が残念なのだろうかと問い詰めたくなったけれど、その前にアンデッドらしきその女性が口を開いた。

「あらあら、ネズミが入り込んでいるとは思っていたけれど、まさかこのあたくしのところまで辿り着くなんて。なかなかやるではありませんの」

この状況にもかかわらず、不敵な笑みを浮かべている。

見た目はかなりの美女だが、その肌はどこか青白く、生気を感じられない。

「しかもこの気配。明らかに並のアンデッドではない。恐らくはアンデッドの王とも言われるリッチであろう」

「うふふ、ご名答ですのよ」

ガイさんの指摘に、その女性――リッチは頷いて、

「ところであなた、僧侶にしては良い身体してますわねぇ？　あたくし、好きですのよ、筋肉質の男性」

「ほう、ならばこの場で見せてしんぜよう。その代わりと言ってはなんだが、ぜひ貴殿の身体の方も」

「いい加減にしなさいこのエロ坊主！」

ハゼナさんが杖でガイさんの頭を思い切り叩いた。

「うふふ、そちらのお嬢さんも勝ち気でとっても良いですわ。それに他の方々も……ああ、素晴らしいですの！　こんなにたくさん、実力者たちが集まってくださるなんて！　ぜひあたくしの――」

そこで突然、リッチが椅子から立ち上がると、その全身から禍々しい魔力が猛烈に膨れ上がった。

「――コレクションに加えて差し上げますのよっ！」

「「「っ!?」」」

リッチが叫んだ直後、部屋のあちこちに無数の魔法陣が出現。

そして次々と姿を現したのは、明らかに上級アンデッドと思われる魔物たちだった。

「囲まれたわ！」

「四、五、六……全部で六体かっ！」

「しかもただのアンデッドではなさそうだ！」

騎士も馬も血のように赤い鎧に身を包んだ、首なしの騎士デュラハン。

巨大な鎌を手に、宙に浮遊しながらこちらを睥睨する死神の魔物グリムリーパー。

全身が腐乱し、悪臭を放つ三つ首のドラゴン、ヒュドラゾンビ。

身体中が包帯に覆われた巨漢の魔物トロルのアンデッド、トロルマミー。

生前は名のある戦士だったのだろう、明らかに一級品と思われる装備で構成されたリビングアーマー。

そして先ほど倒した巨大スケルトンの強化版と思われる、大剣を持つ十本の腕と、盾を構える二本の腕という、計十二本の腕を持つスケルトン。

さらに僕たちが入ってきた扉が、音を立てて閉まった。

逃げ道を塞がれてしまったらしい。

……まぁ、瞬間移動があるし逃げようと思えばいくらでも逃げられるけど。

「うふふ、できるだけ傷はつけないように殺して差し上げますわ。綺麗な身体のままで、しっかり観賞したいですもの」

六体の上級アンデッドたちが襲いかかってくる。

「う、うぅ……拙者は、一体何をしていたでござる……？」

「あ、最悪なタイミングでアカネさんが目を覚ましちゃった」

「へ？　んぎゃあああああああああああっ!?」

あ～あ、また気絶した……。

何の役にも立たないアカネさんを余所に、みんな一斉に上級アンデッドに立ち向かっていった。

デュラハンにはセレン、セリウスくんの姉弟とフィリアさんが。

グリムリーパーにはバルラットさんやベルンさんたち狩猟チームが。

ヒュドラゾンビにはアレクさんの冒険者パーティが。

トロルマミーにはゴリちゃんが。

リビングアーマーにはマリベル女王とカシム、それにガンザスさんが。

そしてスケルトンにはノエルくんとゴアテさんに、元盗賊のドリアルやドワーフの戦士バンバさんが。

ちなみに僕はベガレンさんたちのパーティと一緒に、後方でアカネさんのお守りだ。

万一のときは村人強化を使うなどして、みんなをサポートするつもりだった。

「……意外と苦戦してる」

こちらは最強レベルの戦力が集まっているというのに、六体の上級アンデッド相手に押され気味だ。

その最大の理由は、やはりアンデッド特有の耐久力の高さに加え、厄介な自己再生力だろう。

「どっせえええええいいっ！」

「〜〜〜〜ッ⁉」

ゴリちゃんが繰り出した蹴りが、トロルマミーの右腕を直撃。

腐乱した腕はあっさりと粉砕し、そのままだらんと肩から垂れさがるような形になった。

しかしトロルマミーは垂れた腕を逆の手で摑むと、そのまま無理やり肩に付け直す。

すると何事もなかったかのように、元通りになってしまった。

「んもう、これじゃあキリがないじゃなぁい！　これだからアンデッドは嫌なのよねぇ」

トロルマミーを圧倒しているゴリちゃんだったけれど、残念ながら簡単には決着がつきそうにない。

他の上級アンデッドと対峙しているみんなも大いに苦戦していた。

セレンたちがやり合っているデュラハンに至っては、硬い鎧で身を護っているため、ダメージを与えることすら容易ではなさそうだ。

「くっ、こいつすぐに回復してしまうんだけど！」

どうにかダメージを与えたとしても、自己再生の方が速いため、このままでは永遠に倒すことができないだろう。

「また消えやがった！」

「次はどこから出てくる!?　っ、ランド、後ろだ！」

「なっ……がぁっ!?」

グリムリーパーは影の中に潜り込むことで姿を一時的に消すことができるようで、その神出鬼没な動きにバルラットさんたちが翻弄されている。

「なんという剣捌きだ……っ！」

「しかもこいつ、ゾンビとは思えねぇ駆け引きをしてきやがる！」

リビングアーマーと戦っているマリベル女王たちも劣勢だ。

『戦乙女』の女王と『暗黒剣技』のカシムが二人がかりで挟み込んでも、なかなか攻撃が当たらない。

頼みの綱は、アンデッド相手に有効な浄化魔法を使えるガイさんだ。

対峙しているヒュドラゾンビは、浄化の光を受けて自己再生が働かなくなっていた。

このままヒュドラゾンビを倒すことができれば、後は順番に片づけていけばいいだけだ。

「うふふ、そうはさせませんわ？」

だがそのときリッチが新手を呼び出した。

次々と現れる下級のアンデッドたちが、ガイさんに集中的に殺到していく。

「むう、こやつらの相手をしている場合ではないというのに……」

ガイさんを封じられてしまうと、こちらとしてはかなり厳しい。

「やっぱりアレを使うしかなさそうだね。影武者はまだかな？」

「うぅ……」

「あ、またアカネさんが目を覚ましそう」

どごっ。

悲鳴がうるさいのでアカネさんのお腹を殴り、強引に眠らせておいた。

とそこへ、影武者が瞬間移動で姿を現す。

「ふぎゃっ!?　……ガクッ」

「持ってきてくれた？」

「うん。とりあえず十本。全部で百本くらいあるから、順番に持ってくるね」

「助かる」

影武者から受け取ったのは、液体の入った小瓶だ。

僕はそれをベガレンさんたちに渡していく。

「ルーク様、これは？」

「聖水だよ」

「聖水……？」

「うん、こういうこともあろうかと思って、ミリアに頼んで大量に作ってもらっていたんだ」

聖水。読んで字のごとく聖なる水のことだ。

元は普通の水なのだけれど、神様にお供えし、何度も祈りを捧げ続けていくことで、不浄な存在に効力を持つ聖水になるのだという。

もしくはガイさんのような浄化魔法を使える人が、水に魔法付与を施すことでも作ることができる。

「効果は捧げた祈りの質や量に比例するというけど……」

あの上級アンデッドに効くかどうかは試してみないと分からないけど、他に手がないしね。

幸い百本もあるそうなので、遠慮せずがんがん使ってみるとしよう。

「というわけで、みんなでこれを投げつけちゃって」

「「「分かりました！」」」

まずは狙いを定めやすい大型のヒュドラゾンビやトロルマミー目がけて、ベガレンさんたちが聖水を瓶ごと投擲した。

パリンパリンパリンッ……。

直撃と共に瓶が割れて、中から聖水がぶちまけられる。

「「「～～～～～～～～～～～～～～ッ!?」」」

「あっ、効いてるみたい。めちゃくちゃ痛そうにしてる」

聖水がかかった箇所が瞬く間に溶けていく。

しかもまったく再生する気配もない。

「な、何ですのっ!?　っ……まさかそれは、聖水!?　でも、この子たちには並の聖水など効かないはずですの……っ！」

予想外のことにリッチが驚いている。

どうやらこの聖水、かなり強力なもののようだ。

「ミリア、どうやって作ったんだろう？　いくら神官でも、さすがにこの数を一人じゃ無理だろうし……」

「大聖堂の祭壇に水の入った瓶を置いただけだって」

僕の疑問に影武者が答えてくれた。

「祭壇に置いただけ？　いや、そうか……」

今や村の大聖堂には毎日、大勢の参拝客が訪れている。その祈りの総量となると、凄まじいものがあるだろう。

確かに強力な聖水が簡単に量産できそうだ。

そうこうしている間に、ヒュドラゾンビとトロルマミーが完全に浄化され、灰となって消滅する。

次の狙いは多腕のスケルトンだ。でも身体が骨なので、なかなか当てづらい。

「ドリアル！　バンバさん！　これを武器にかけて！」

そこで僕は聖水を彼らに放り投げた。

　二人はそれをキャッチすると、自分の武器を聖水で濡らす。

「はっ、こいつはいいな！」

「これなら斬った部分が元に戻らないべ」

『斧技』のドリアルは巨大な斧で、『剛剣技』のバンバさんは大剣で、それぞれスケルトンの骨を豪快に両断していく。

　先ほどまではすぐに骨がくっ付いて修復してしまっていたけれど、聖水を浴びた武器で破壊された骨は簡単には治らない。

　そしてスケルトンを倒したところで、リッチが叫んだ。

「グリムリーパーっ！　あの少年をヤるんですわっ！」

　直後、影に潜って姿を消したグリムリーパー。

　一体どこに現れるのかと思っていると、すぐ背後から気配が。

　振り向いたときにはすでに、大鎌が僕の首を刈り取ろうとしているところだった。

「村長!?」

「ルーク様っ！」

　ベガレンさんたちが慌てて叫んだけれど、そのときにはすでに僕はグリムリーパーの後ろに瞬間移動していた。

　大鎌が空を切る。

「姿を消して移動できるのは、君だけじゃないんだよね」

死神にそう教えてあげつつ、持っていた聖水をまとめてその身体に叩きつけてやった。

「〰〰〰〰〰〰〰〰〰〰ッ!?」

聖水を浴びて、悶え苦しむ死神。

すかさずバルラットさんたちが殺到して猛攻を浴びせると、死神は纏っていたボロボロの布と大鎌だけを残して消滅した。

それからセレンたちも聖水をかけた武器でデュラハンを撃破。

残った下級アンデッドたちも片づけて、後はリッチを除くとリビングアーマーだけだ。

このリビングアーマーがなかなか手強かったのだけれど、たった一体で僕たち全員を相手するのはさすがに荷が重かったようだ。

バラバラになった鎧が地面を転がり、完全に沈黙する。

「う、嘘ですわ……まさか、あたくしの誇る精鋭たちが……」

最初の威勢はどこへやら、わなわなと唇を震わせているリッチ。

「後はあんただけね」

セレンが剣の切っ先をリッチに向ける。

「くっ……小娘がっ……このあたくしを、舐めるんじゃないですのよ……っ!」

リッチが手にしている禍々しい杖を掲げると、ドス黒い靄が噴出。

それが瞬く間にこの部屋に拡散していく。

「みんな気をつけるのよぉん！　あの靄に触れちゃうと状態異常に侵されるわぁ！」

注意を促すゴリちゃんに対して、リッチは哄笑を上げる。

「あははは、無駄ですのよ！　今この場所は完全な密閉状態！　これから逃れる術はありませんの！　少しでも触れたら最後、睡眠と混乱と幻覚とステータスダウンで、もはや戦うことすらままなりませんわぁ！　そして何より長時間これを受け続けると、立派なアンデッドのできあがりですのよ！」

僕は施設カスタマイズを使って、リッチの後ろの壁に穴を開けた。

「フィリアさん、セリウスくん、あの靄、風魔法であそこから吹き飛ばしちゃって」

「了解した」

「任せてくれ！」

猛烈な風が吹き荒れると、リッチの靄が流されて穴から外に出ていった。

「……は？」

リッチは何が起こっているのか理解できていないようで、しばし唖然としてから、

「な、何でこんなところに穴が開いてるんですのおおおおっ!?」

絶叫している彼女を余所に、僕は聖水をみんなに配っていく。

「じゃあ、一斉に投げるよ。せーのっ」

僕の合図で、全員がリッチ目がけて聖水を投擲。風の後押しもあって、それらはすぐにリッチのところへ殺到した。

「このあたくしにまで効くと思っていますのっ？　あたくしはアンデッドの王たるリッチですのよ！　いくら何でも見くびり過ぎですわ！」

パリパリパリパリパリンッ!!

何本かは外れちゃったけれど、それでも十本近い瓶がリッチを直撃。一瞬にして聖水でびしょ濡れになる。

「んぎゃあああああああああああああああっ!?」

おっ、かなり効いてるみたい。

自信満々に効果を否定していたというのに、絶叫を上げながら地面を転がり、のた打ち回っている。

「ななな、何ですのぉっ、その聖水はああああっ!?　いぎゃああああああっ！」

もはや覊を出す余裕もなければ、他の攻撃ができそうな感じもない。

「思ったより手間取ったわね。でも、これで終わりよ」

隙だらけのリッチに近づいていくと、セレンが聖水で濡れた双剣でトドメを指そうとした、そのときだった。

「っ！」

鞭状の黒い影が飛んできたのを、セレンはすんでのところで回避していた。

「何者よ……っ？」

僕はてっきりリッチの仕業かと思ったけれど、白目を剥いて地面に転がったままだ。

一方セレンは攻撃の主をすぐに察知したようで、視線を別の方向へと向けていた。

柱の陰。

そこからゆっくりと姿を現したのは、顔の半分以上が前髪で隠れた、不気味な女性だった。

「まだ仲間のアンデッドがいたのね！」

セレンが二本の剣を構える。

一方、その女性は、

「っ……わ、わ、わ、わたしは……あ、あ、あ、アンデッドじゃ……ないですぅ……」

消え入るような声でそう主張した。

「嘘おっしゃい！　どう見たってアンデッドじゃないの！」

「は、はい……よく、言われます……見た目が、ゾンビとか、ゴーストみたいだって……で、でも、れっきとした、人間なんですぅ……」

女性は震えながら頷いてから、改めて否定した。

「ガイさん、どう？」

「うむ。あやつが言っていることは間違いない。アンデッドの気配は感じぬ」

どうやら本当にアンデッドではないらしい。

「じゃあ何でこんなところにいるのよ？」

セレンが問い詰めると、

「じ、実は、その……わたし、個人的に、アンデッドが……す、好き、でして……そ、それで、ここにリッチがいるって話を聞いて……その……ぜ、ぜひ一度、会ってみたいなと、思ったんですぅ……」

アンデッドではなくても、ヤバい人なのは間違いないようだ。

「た、ただ……リッチに捕まって……ずっと地下牢に、閉じ込められてたんですぅ……魔法で拘束されて、逃げられなくて……で、でも、どういうわけか、少し前から拘束が弱まって……そ、それで、脱走しまして……」

恐らくリッチの意識が僕たちとの戦いに集中したためだろう。

それで彼女は何が起こったのかを確かめようとここまで来たところで、リッチがやられそうになっているのを見つけたという。

「じゃあ何でこいつを庇うのよ？」

「そそそ、それはですね……わたし、ネクロマンサーなんですけどぉ……ぜひそのリッチを、眷属に加えたくて……それで、つい……」

僕は彼女が言っていることが本当かどうか確かめるため、いったん村人として登録し、村人鑑定

を使ってみた。

クロマ
年齢：20歳
愛村心：低
推奨労働：ネクロマンサー
ギフト：死霊術

ギフトが『死霊術』……うん、嘘を言ってるわけではないみたいだ。

「セレン、確かにその人、ネクロマンサーではあるみたい」

「ネクロマンサーなんて、どう考えても怪しいじゃない」

「あああ、怪しくなんかないですぅっ……ちょっとアンデッドが好きなだけで……けけけ、決して、人様に迷惑をかけるようなことなんて、しないです……っ！」

不信の目を向けるセレンに対して、クロマさんは懸命に訴える。

僕は別の疑問をぶつけてみた。

「いくらネクロマンサーでも、一人でこんなところに入り込むなんて、随分と無謀なことするよね？　実際、捕まっちゃったわけだし」

「だだだ、だってぇ、リッチはアンデッドの王なんですよぉ!?　一度でいいから、ぜひ見てみたいじゃないですかぁっ!?　もちろん、それを眷属にできるとなったら、これ以上ないですぅ……っ！」

急にまくし立てるように喋り出すクロマさん。

さらに息を荒くしながら懇願してくる。

「だだだ、だから、そのリッチを浄化しないで、わわわ、わたしに譲ってください……っ！　どど、どんな対価だって、お支払いしますからぁ……っ！」

「それなら一つ、条件があるよ」

僕はある提案をした。

「この都市と周辺地域一帯が、そのリッチのせいでアンデッドの巣窟になっちゃってるからさ。それを人の住めるような状態に戻してもらえるかな？」

アンデッドの溢れたこの地域から逃れ、各地で難民となっている人が多くいるのだ。

彼らが戻ってくるためには、まずアンデッドを一掃しなければならない。

「リッチを倒したからと言って、今いるアンデッドが消え去るわけじゃないだろうからね。その片づけに協力してくれるなら、そのリッチを眷属にしてもいいよ」

ネクロマンサーの力を借りられれば、早くこの地域を正常に戻すことができるはずだ。

「そそそ、それくらい、お安い御用ですぅ！　リッチさえ眷属にできれば、他のアンデッドなんて、要らないですしぃ」

　というわけで交渉成立だ。

　未だに聖水のダメージで悶絶しているリッチに、クロマさんが近づいていく。

「せ、聖水で弱体化してるので、死霊術が、効きやすそうですぅ」

　と、そこでクロマさんの存在に気づいたリッチが、顔を歪めながら叫んだ。

「お、お前はっ……ネクロマンサーっ!?」

「どど、どうも……その節は、お世話になりましたぁ……」

「ひっ!?　まさか、このあたくしを眷属にする気ですのっ!?　ぜ、絶対に嫌ですわ……っ！　人間の眷属になるなんてっ……」

「し、心配しなくても、たっぷり可愛がって差し上げますからぁ……あなたがわたしにしてくれたみたいにぃ……ぐひひっ……」

「ひ、酷い目に遭わせたことは謝りますわっ！　だ、だからっ……それだけはっ……」

　必死に懇願するリッチだったけれど、クロマさんは容赦なく死霊術を発動した。

「ギャアアアアアアアッ!?」

　リッチが絶叫を上げたかと思うと、その腹部に紋章のようなものが刻まれていく。

「け、眷属化、成功しましたぁ……」

　力なく項垂れたリッチの髪を鷲摑みにしたクロマさんは、強引に顔を上げさせて、

「お、お前は今日から、わたしの眷属ですぅっ……ふへへっ……ほぉら、わたしのことを、ご主人様と呼んでみなさぁい？」

「くっ、屈辱ですのっ！　こんな陰キャに支配されるなんてっ……」

「ご主人様と呼べっつってんだろうがあああああっ！」

「〜〜〜っ!?」

いきなりクロマさんがリッチの頬を蹴り飛ばした。

急にキャラが変わった!?

「く、クロマさん……？」

「わわわ、わたしが、アンデッドが好きな理由の一つはっ……こ、こうやって、自分の思い通りにできることなんですよぉっ！　わたしはすごく人見知りなのでぇっ……い、生きた人間を前にするとっ、何もできないんですけどぉ……あ、アンデッドなら死んでますしぃ？　死んでいる相手だったら、自分の素が出せるんですよぉっ！　おいこらぁっ、早くご主人様と呼べえええええっ！」

……やっぱりかなりヤバい人のようだ。

クロマさんはめちゃくちゃ危険な人だったけれど、約束通りアンデッドの一掃に力を貸してくれることになった。

といっても、さすがに彼女一人で大量のアンデッドを浄化していくのは難しい。

そこでまずは僕があちこちに霊園を作成。

〈霊園：明るく綺麗な墓地。墓石の風化防止。盗掘防止。アンデッド化防止。安らかな眠りを保証します〉

どうやら並のアンデッドだと、この霊園内に立ち入るだけで浄化されてしまうらしいので、後はクロマさんがアンデッドを霊園に追い込んでいくだけだ。

正確には、クロマさんというより、リッチがアンデッドを誘導した。

クロマさんがアンデッドを操るにはいちいち眷属化しなければならないのに対し、アンデッドの王であるリッチが命じると、簡単にアンデッドが命令に従ってくれるのだ。

リッチを浄化せず、クロマさんの眷属にしておいてよかったかもしれない。

「なんであたくしがこんなことしなくちゃならないんですのおおおおおっ！」

「うるせぇぞクソリッチぃっ！　黙ってわたしの言うことを聞いていればいいんだよぉっ！」

クロマさんは長い髪を振り乱しながら、鞭でリッチを何度も打つ。

「こんなやつに支配されるくらいなら、浄化された方がマシでしたわあああっ！」

そうしてあっという間に、この地域一帯からアンデッドがいなくなったのだった。

「あ、あの……こ、ここは……」

「僕の村だよ」

「ひ、ひ、人が……たくさんいるんですけどぉ……か、活気もあって……みんな、明るくて、幸せそうで……どどど、どう考えても、陰キャのわたしがいるような、場所じゃないですぅ……」

僕はクロマさんを村に連れてきていた。

いわゆる「村」のイメージだったらしいクロマさんは、もはや大都市と化しているこの村の様子に圧倒され、長い前髪で顔を完全に隠してしまう。

そんな彼女を連れてきたのは他でもない。

クロマさんとリッチを野放しにしているのは色んな意味で危険なので、僕の目が届く場所にいてもらった方がいいと思ったからだ。

「ししし、死ぬ……こんなところにいたら……わたし……死んじゃいますぅ……」

とはいえ、普通にこの村で暮らすのは現実的ではないだろう。

すでに顔がアンデッドに負けないほど真っ青で、今にも死んで本当のアンデッドになってしまいそうだし。

「大丈夫。ちょうど良い場所があるんだ」

そう言って彼女を案内したのは、ダンジョンの中だった。

二十一階層から二十五階層。

そこはアンデッドモンスターが徘徊する墓地フロアになっているのである。

「くっ、空気がっ、気持ちいいですぅっ……さっきまでは、死ぬほど息苦しかったですけどぉ……」

僕からすれば、むしろどんよりとしていて気が滅入ってしまいそうな場所だけれど、クロマさん的には好環境らしい。

先ほどまでとは一変、長い前髪の奥で爛々と目を輝かせている。

「こここ、こんな良いところに、住んでいいんですかぁ……？」

「うん。ダンジョンマスターのアリーには伝えておいたから。ここにいるアンデッドたちも、好きに扱ってくれて構わないよ。食べ物も定期的に持ってきてあげる」

「ほほほっ、本当ですかぁっ!?　そ、そんなに良くしていただけるなんて……ななな、何か裏があるとしか、思えないですぅ……」

「別に裏なんてないよ？」

ちゃんと監視しておきたいっていうだけだ。

「ごくたまーに冒険者が来ることもあるけど、広いから滅多に遭遇することはないと思うよ。戦ったりはしないでね？」

「そそそ、そのときはもちろん、全力で逃げますぅっ……」

こうしてクロマさん（とリッチ）は、村のダンジョンで暮らすことになったのだった。

なお、リッチはずっと死んだような顔をしている。死んでるんだけど。

「う、うへへへ……リッチちゃぁん？　わ、わたしと一緒に、ここで楽しく暮らしましょうねぇ

「……？」

「何でこんなことに……」

「返事はどうしたぁっ!?」

「ひぃっ……わ、分かりましたのよっ、ご主人様ぁっ!!」

なんだかちょっと可哀想にも思えてきたけれど、リッチは危険なアンデッドだしね。クロマさんに対しても酷いことをしていたみたいだし、あまり同情はできないかな。

それからしばらくして、彼女たちの様子が気になって見に行ってみると。

バチィイインッ！　バチィイインッ！　バチィイインッ！

「あああああっ！　んぁっ……ぎひぃいいいいいいっ！」

「痛いっ？　痛いですよねぇっ!?　この鞭には、アンデッドでも激痛を感じる特殊な術式を施していますからぁっ！」

半裸で木に縛り付けられたリッチを、クロマさんが鞭で何度も打擲していた。

バチィイインッ！　バチィイインッ！　バチィイインッ！

「ほらほらほらぁっ！　もっと大きな声で泣き喚きなさぁぁぁいっ！」

「ちょっ、さすがにやり過ぎじゃない!?」

僕は慌てて止めに入る。

確かにリッチはモンスターかもしれないけど、見た目は人間の女性とほとんど変わらない。

痛みのあまり泣き叫んでいる姿は見ていられなかった。

「止めないでほしいですのぉっ！」

「え？」

謎の訴えに面食らう僕に、リッチは鼻息を荒くしながら絶叫する。

「クロマお姉さまぁぁぁっ！　もっとっ……もっと強く打ってくださいましいいいいっ！」

クロマ、お姉さま……？

「あはははっ！　とんだドM女ですねぇっ！」

バチィイインッ！　バチィイインッ！　バチィイインッ！

「ひぎいいいいいっ!?　いっ、良いっ！　今の、最高でしたわぁぁぁっ！」

ねぇ、なにこれ？

「アンデッドであるあたくしは今までずっと、痛みというものを知らずに生きてきましたのっ……

でもっ、クロマお姉さまのお陰で知ることができましたわ……っ！　痛みがこんなに刺激的なもの
だってことを……っ！」

バチィイインッ！　バチィイインッ！　バチィイインッ！

「ぁあああああああんっ！♡」

「……さいですか」

身をよじらせながら喜ぶリッチの姿を半眼で見ながら、僕はもう二度と様子を見にはこまいと誓うのだった。

第二章　アルラウネ

「え？　村の力を貸してほしい？」

その日、とある冒険者たちから打診を受けた。

「はい。実は我々、少し前から地中海南の小国、チュニア王国で活動しているのですが、ここに最近、恐ろしい巨人の魔物が出没していまして。冒険者たちはもちろん、騎士団も手が出せず、現地の人々は眠れない夜を過ごされているのです」

実は彼らは、この村で結成された冒険者パーティなのだという。

しかし最近、冒険者の活動を通して困っている人たちを助けたいと、新天地を求めて村を出たばかりらしい。

……うん、なんかほんのちょっと前に、まったく同じような話を聞いた気がするね。

「たとえ報酬が少なくとも、人々のためになることをしたいと思ったのです」

「そうなんだ……偉いね」

この台詞も明らかに聞いたことがある。

「(本当は冒険者パーティと見せかけた、伝道師の一団ですけどね！　困っている人たちを助け、感謝されたところで、すべてはルーク様のお陰だと説くのです！　そうしてどんどん信者を増やしていく！　それこそが、聖母ミリア様の作戦！)」

もちろん同じような志を持って、村を出ていく冒険者がいてもおかしくはないけど……まるで判を押したかのように、同じことを言うだろうか？

ともあれ、無視するわけにもいかない。

チュニアという国は、クランゼール帝国によって一時属国化されていた国だ。

僕たちが元凶の大臣を倒したことで、現在は主権を取り戻しているそうだけれど、侵略の影響で国力は弱まり、こうした危機と対峙するのも今は一苦労だという。

ただ、何度か使者団を迎えはしたけれど、チュニアとはまだそれほど交流があるわけではない。

無論、だから助けないというわけじゃない。

瞬間移動や鉄道などで入国することができない上に、国内を簡単に移動する方法がないせいで、先日のように今すぐにとはいかないということだ。

まずは村の領域内に置かないと……。

でもそれを勝手にやるわけにもいかないし。

「その心配はございません。すでに同国の国王陛下から、他の地中海沿岸の国々と同様に、この村の影響下に置いても構わないとの許可をいただいています」

「えっ？」

「こちらはその信書となります」

「ほんとだ……」

いち冒険者パーティが、一国の長と直接やり取りをしているなんて……。

ともあれ、国王から直々に許可をもらったことで、チュニアが村の領域に加わった。

所有者の了承があれば、領地強奪を使う必要もないのだ。


「あっ、いた！」

空飛ぶ公園から地上を見下ろしながら探すこと、小一時間。遠くにそれらしい巨大な影を発見した。

「なるほど、あれがその巨人か。確かにめちゃくちゃ大きいかも」

目算で、身の丈三十メートルはあるだろうか。十階建てのビルに相当する高さだ。

帝国が侵略に利用し、周辺国を恐怖に陥れたあの巨人兵が十メートルくらいだったので、その三倍はあるイメージだ。

大きいだけあって動作はゆっくりだけれど、地面を踏みしめる度に地響きが起こっている。

こんな魔物が都市に襲いかかってきたら、もはや一巻の終わりだろう。

人間の身で真正面から戦いを挑むのは、うちの精鋭たちであっても、なかなか厳しいかもしれない。

「普通に挑んでも踏み潰されるのがオチね」

「アタシよりパワーありそうよぉん」

セレンとゴリちゃんも及び腰だ。

「先日は不甲斐ないところを晒してしまったでござるが、その汚名を返上してみせるでござる！」

アカネさんはやる気満々だけど。

というか、何でまた付いてきちゃったんだろう……セレンが言う通り、あっさり踏み潰される展開しか見えない。

「たぶん、今回もアカネさんの出番はないよ」

「なぜでござる!?」

特別にある村人たちを連れてきたのだ。

「ドナ、大丈夫そう？」

「ん、任せて。実戦投入、楽しみ」

力強く頷いたのは、ドワーフの少女ドナ。

そして彼女の指示を受けて、ドワーフの青年が機械仕掛けのドラゴンに乗り込む。

そう。今回この大型巨人を討伐するために、帝国から押収した機竜を初めて実戦投入するつもりなのだった。

機竜。それはクランゼール帝国が、巨人兵と同様に古代遺跡から発掘した、ドラゴン型の兵器である。

全長はゆうに二十メートルを超えていて、あの三十メートル級の大型巨人にも対抗できそうな大きさだ。

機竜を操縦するのは、ドナと一緒にこの機竜の研究に従事しているドワーフの青年、ドルドラさん。

何人か試験的に操縦をしたそうだけれど、その中で彼が一番、操縦が上手かったという。

「行ってくるだ！」

スピーカーから勇ましい声が聞こえてきたかと思うと、機竜が大きくその翼を広げた。

直後、翼の下部から炎が噴出し、公園の上を巨体が猛烈な速度で走り出す。

そうして機竜は空へと舞い上がった。

「あれって空まで飛べるの!?」

「モデルはドラゴン。飛べるのは当然」

驚くセレンに、ドナが自信満々に言う。

機竜は高速で空を舞うと、地上を悠然と歩く大型巨人に背後から襲いかかった。

そしてすれ違いざま、その鋭い爪で大型巨人の頭部を切り裂く。

「オアアアアアアアアアアアアアアアアッ!?」

頭から血が噴出し、大型巨人が絶叫する。

何が起こったのかと咄嗟に周囲を見回すが、すでに機竜は上空へと飛び上がっていて、その姿を見つけることができない。

「まさか上から攻撃されるとは思ってもいなかったようね」

「あれだけの巨体だしね」

混乱しているのか、それとも今まで味わったことのない痛みに苦しんでいるのか、巨人は何度も地面を踏みつけて暴れている。

その度に大地が砕け、周辺の木々が巻き起こった風圧だけで倒されていく。

そんな大型巨人へ、機竜は再び接近していくと、至近距離から魔力のレーザーを発射した。

寸前で機竜の存在に気づいた巨人だったが、放たれたレーザーを回避する暇などなかった。

「オアアアアアアアアアアアアッ!?」

レーザー光がその身を袈裟懸けに切り裂いていく。

大型巨人は鮮血を噴出させながら、その場に膝をついた。

それでも今のでようやく機竜を認識した大型巨人は、その動きを目で追う。

すぐに立ち上がると、腕を伸ばして機竜を空から叩き落とそうとする。

だがその腕は高度を上げた機竜に届かなかった。

機竜は悠々と巨人の頭上を舞い続ける。

「オアアアッ!!」

激怒した大型巨人は足元にあった岩を摑み上げ、機竜目がけて投擲する。

しかし機竜は軽くそれを回避。

岩は地面に落下してちょっとしたクレーターを形成した。

「オアア……」

円を描くように飛ぶ機竜を見続けたせいか、大型巨人は目を回したようによろめく。

機竜はその隙を見逃さなかった。

超至近距離から大型巨人の口内にレーザーをお見舞いする。

「～～～～～～～～～～～～～～ッ!?」

レーザー光は巨人の口から首の後ろへと抜けていった。

ドオオオオオオオオオオオオオオオオオンッ!!

絶命した大型巨人が、凄まじい轟音と共に地面に倒れ込んだ。

「……たった一機で倒してしまったわ」

「ん、これが機竜の力」

「せ、拙者の出番が……」

機竜って、こんなに強かったんだ。

ビィィィン

大臣が操縦してたときは、瞬間移動で操縦席に乗り込むっていう裏技を使ったこともあって、あっさり無力化できちゃったからね……。

しかもドナによれば、材料さえ揃えばこれを一から作れてしまうらしい。

やっぱり勝手に量産しないように見張っておかないと……。

「もちろん作ったりしてないよね？」

「……………………ん、当然」

「じゃあ今の間は何!?」

そこへ機竜が戻ってくる。

公園の上に着陸すると、中からドルドラさんが下りてきた。

「初の実戦だったけど、上手くいったべ！　これをさらに強化させた、新型機の完成が今から楽しみだべ！」

「新型機……？」

「あっ」

初実戦で勝利した興奮から、うっかり口を滑らせてしまったようで、ドルドラさんが「しまった」という顔をする。

「ねえ、ドナ？　詳しい話を聞かせてもらおうか？」

その後、村に戻った僕は、家宅捜査ばりの勢いでドナの工房に乗り込んだ。するとそこには、大型巨人を倒したのとは別の機竜が鎮座していた。

「で、これは何？」

「禁止されていたのは機竜の量産。これは既成の機竜を大幅にパワーアップさせた新型機。つまり量産ではない。だから禁止されてはいなかった。もう一つ言うとこの新型機を量産するつもりもない」

ドナはそう早口でまくし立てた。

明らかに目が泳いでいて、自分でも苦しい言い訳だと理解しているようだ。

「量産もダメだけど、新型機もダメだよ。しかもパワーアップさせるとか。元の機竜ですら、あの大型の巨人をあっさり撃破できるくらい、危険な兵器なのに」

「……どうしても？」

潤んだ目で見上げてくるドナ。

「そんな捨てられた犬のような目をしてもダメだから」

「……」

ドナはしょんぼりと肩を落としてしまった。

『兵器職人』のギフトを持つ彼女には、確かに厳しい措置かもしれない。

ただ、現状でもすでにこの村の持つ軍事力は、軽く一国のそれを上回るレベルに到達してしまっているのだ。

さすがにこれ以上やると、友好的な国々ですら、この村のことを脅威に思うようになってしまうだろう。

「分かった。じゃあ、機竜はもう作らない」

「うんうん、分かってくれたらいいんだよ」

「機竜を超える別種の兵器を作る」

「たぶん全然分かってないよね!?」

「え？　村の力を貸してほしい？」

その日、とある冒険者たちから打診を受けた。

「はい。実は我々、少し前からローダ王国で活動しているのですが、とある街が植物系の魔物によって完全に呑み込まれるという事件が起こりまして。冒険者たちはもちろん、王国軍も手が出せず、現地の人々は眠れない夜を過ごされているのです」

実は彼らは、この村で結成された冒険者パーティなのだという。

しかし最近、冒険者の活動を通して困っている人たちを助けたいと、新天地を求めて村を出たばかりらしい。

ほんと同じパターンが多すぎない!?

「たとえ報酬が少なくとも、人々のためになることをしたいと思ったのです」

「へ〜、そうなんだ……」

「(本当は冒険者パーティと見せかけた、伝道師の一団ですけどね！　困っている人たちを助け、感謝されたところで、すべてはルーク様のお陰だと説くのです！　そうしてどんどん信者を増やしていく！　それこそが、聖母ミリア様の作戦！)」

うーん、何だろう……。

この一連の出来事、何か裏がありそうで怖い感じが……。

そしてやはりすでにローダ王国側とは話を付けてあるそうだ。

ローダはすでに村の領域内になっているので、瞬間移動を使えば目的地の都市まですぐに行くことが可能である。

というわけで、リッチ討伐のときとほぼ同じメンバーたちを連れて、ローダ王国北部にあるその都市へ。

「……これは予想以上に呑み込まれてるね」

空飛ぶ公園に乗って上空から見た感じ、それなりの規模の街だったようだ。でも今は街並みが完全に見えなくなってしまうくらい、植物のツタで覆い尽くされている。

公園の高度を落とし、地上へと降りていく。

「よく見るとツタがうねうね動いてるわね」

「うむ。しかもまだ成長を続けているのか、外に向かっているようだ」

セレンとフィリアさんがツタを観察し、そんなふうに分析する。

「街の中に立ち入ろうとすると、このツタが襲いかかってくるのですが、このすべてが一体の植物系モンスターではないかと言われています」

今回、僕たちに協力を要請してきた元村人の冒険者、アニエさんが言う。

「おいおい、これが一体のモンスターだって？　どんな大きさだ？　聞いたことねぇぞ」

アレクさんが唖然としている。

「けど、植物系は炎に弱いって相場が決まってるもの！　あたしの炎で、焼き尽くしてあげるわ！」

「おい待て、ハゼナ！　んなことしたら、街ごと燃えちまうだろうが！」

意気揚々と宣言するハゼナさんを、アレクさんが慌てて制止した。

「あっ。……じゃあ、どうすればいいっていうのよ？」

と、そのときだ。

いつものお騒がせサムライが叫んだ。

「拙者に任せるでござるよ！　この程度のツタ、斬って斬って斬りまくればいいでござる！」

威勢よく生い茂るツタの中に飛び込んでいくアカネさん。宣言通り、猛烈な勢いでツタを斬り落としながら突き進んでいく。

「ぎゃあああああああああああっ!?」

「あっ、戻ってきた」

よく見ると巨大な蜘蛛の魔物に追いかけられている。

「拙者、虫は苦手でござるうううううううううっ!!」

アンデッドだけでなく、虫もダメのようだ。

……また何の役にも立たなさそうだね。まぁ巨大化した虫は、下手すればアンデッドを上回るぐらいグロテスクで、僕もあんまり見たくないけどさ。

「はあああああっ！」

アカネさんと入れ替わるように前に出たのはマリベル女王。

迫りくる蜘蛛の脳天へ、猛スピードで槍を突き刺した。

「〜〜〜〜〜〜〜〜〜〜ッ!?」

絶命する巨大蜘蛛。

マリベル女王は槍を振り回して蜘蛛の体液を払うと、ツタに覆い尽くされた街の方を睨みながら告げる。

「どうやら昆虫系の魔物が集まってきているようだな」

確かによく見ると、あちこちにそれらしき影が蠢いていた。それにしてもさすがはマリベル女王、アカネさんと違ってカッコいいね。

「うん、アカネさんは村に帰しておこう」

「ま、待つでござる!? 拙者、今度こそ汚名を返上せねばならぬ！ 逃げるわけには」

「あ、今度は芋虫の魔物がこっちに来る」

「ぎゃあああああああっ!?」

足手まといは御免なので、アカネさんを瞬間移動で強引に村に帰した。

「切腹しないように見張ってて」

「「畏まりました！」」

念のため手足を縛った状態にしつつ、訓練場にいた村人たちに託す。

アカネさんの切腹癖はすでに周知のことなので、彼らもすんなりと応じてくれた。

「ルーク殿おおおおおおっ!?」

泣き叫んでいるアカネさんを放置し、みんなのところに戻る。

「ええと、このツタの心臓部が、この街のどこにあるのか分かってないんだよね？」

先ほど街を上空から見てみても、あちこち生い茂っていて、どの辺りがツタの発生源なのかよく分からなかった。

「はい」

僕が聞くと、アニエさんは頷いて、

「ただ、この街から逃げた人たちの話を総合した結果、恐らく街の中心部に近いところだろうと推測しています」

「じゃあ、ひとまずその中心部から探索していくのがよさそうだね」

瞬間移動を使い、僕たちは一気に街の中心に飛んだ。

「まるで森に呑み込まれてしまったかのようね」

「太陽光がほとんど入ってこないせいで、すごく暗いわぁん」

頭上をほぼ覆い尽くすツタのせいで、街の中は夜のように暗い。強靭なツタの一部は、建物の壁を突き破ったり、石畳の地面を貫いたりもしていた。

「っ、ツタがこっちに伸びてきたわ！」

僕たちの存在に気づいたのか、ツタが四方八方から襲いかかってきた。

「こいつら身体に巻き付いてくるぞ！」

「斬っても斬ってもキリがねぇ！」

無限とも思える量のツタに、みんな苦戦している。

「うわあっ!?」

「セリウスくん!?」

足に絡みついたツタが、セリウスくんを宙吊りにした。

そのままツタの海に呑み込まれそうになったけれど、

「ふっ！」

フィリアさんが放った矢が、セリウスくんの足に巻き付いていたツタを切断する。

セリウスくんが地面に落ちてくる。

「大丈夫か、セリウス殿？」

「だだだ、大丈夫ですっ!?」

フィリアさんに助けられ、顔を真っ赤にするセリウスくん。

別の意味で大丈夫ではなさそうだ。

……もう何度も一緒に戦っているのだから、いい加減、慣れてほしいよね。

「おい、昆虫系の魔物までこっちに押し寄せてきてるぞ！」

「あぁん、これじゃあ、まともに探索もできないわぁん」

「そうだね。みんな、この中に入ろう」

僕は土蔵を作り出した。

〈土蔵：土製の保管庫。虫食いや腐敗を防ぎ、食料などの保存期間アップ〉

ツタも侵入してこようとしたけれど、全員が土蔵の中に避難したところで扉を閉める。

さらに施設グレードアップを使い、強度を限界までアップさせていく。

昆虫系の魔物がぶつかっているのか、壁の向こうからドンドンドン、という音が聞こえてくるけれど、強化した土蔵はビクともしない。

「このまま土蔵を移動させつつ、街の中を調べていこう」

た。

「相変わらず村長はめちゃくちゃだな……」

土蔵には窓が付いているので、それを開けて外の様子を確認しつつ、ツタの森の中を進んでいっ
小さい窓なので、昆虫系の魔物が入ってくることはできない。

もちろんツタは中まで侵入しようとしてくるけれど、その程度なら簡単に対処することが可能だ。

そうして探索を続けること、しばらく。

「ルーク、あそこに何か赤いものが見えるわ！」

「ほんとだ」

緑色のツタばかりの一帯の中に、セレンが真っ赤な箇所があることに気づいた。

血のような赤色が、そこだけぽつんと広がっているのだ。

「ツタがどんどん窓から侵入してくる……っ！」

「どうやら近づいてほしくないようだな」

土蔵をその赤色に向かって動かしていくと、今までの比ではないほどのツタが窓から入ってきた。

昆虫系の魔物も大量にいるようで、その攻撃で土蔵が大きく揺れる。

それでも無理やり近づけ、ついにその謎の赤色の正体が判明した。

巨大な花だ。

ツタが密集する中、真っ赤な花弁が咲き誇っていたのである。

「しかもあの花の中心に何かいるぞ」

「あれは……女の子？」

花弁の奥に静かに佇んでいたのは、一人の少女だった。

花と同じ赤色の長い髪。そして肌は恐ろしいほど白くて、衣服らしきものは何も身に着けていない。

「なに、こんなところに、裸の少女？　なんと面妖な。ぜひともこの目で確認せねば」

「ガイさん、いい加減、煩悩から抜け出してください」

小さな窓から一目見ようと割り込んでくるガイさんを、僕は押し返してやった。

「明らかに人間ではない。恐らくはアルラウネだ」

「人の女性の姿をした植物系の魔物ねぇ。でも、こんな規模にまで成長した個体、アタシも初めて見たわぁん」

物知りなフィリアさんとゴリちゃんが教えてくれる。

「あれ、ガイさん？　ちょっ、何しようとしてるんですかっ？」

そのとき、ガイさんが勝手に土蔵の扉を開けて外に出ようとしたので、僕は慌てて注意した。

しかしガイさんは僕を無視し、扉の鍵を開けようとする。

「ああ、必ずこの目に納めねば……拙僧は後悔するに違いない……」

ふんすっ

「何やってんのよ、エロ坊主！　勝手なことするんじゃないわよ！」

ハゼナさんが怒鳴りつけても、ガイさんは視線すら向けなかった。

……明らかにおかしい。

単にいつものように煩悩にやられているという感じじゃない。どこか目も虚ろだし、ぶつぶつと呟いている言葉も変だ。

「俺も……彼女の姿を見てみたい……」

「アレクさん!?」

「そ、そうだな……俺も、我慢できないというか……」

「バルラットさんまで!?」

異変が起こったのはガイさんだけじゃなかった。

アレクさんやバルラットさん……さらにゴアテさん、ガンザスさん、ドリアル……。

「って、男性ばかり？」

「きっとアルラウネが出す特殊な香りのせいよぉん！　人間の男を魅了して誘き寄せ、喰らうのがアルラウネなのよ！」

ゴリちゃんが顔を顰めながら言った。

そういえば、さっきから少し甘いにおいがしている気が……。

女性陣は平気だ。

ゴリちゃんもまったく効いている様子がない。女性だからね、うん。

僕も……あんまり感じない。

何でだろう？　……子供だから？

「くっ……フィリアさんの前で……こんなこと……」

「あ、頭が……くらくら、する……」

この中ではかなり若い部類に入るセリウスくんやノエルくんは、頑張って耐えている。

抗うことができる程度にしか、効いていないということなのだろう。

「僕ももう少し効いてもいいよね!?　それだけ子供ってこと!?　僕だって、もう十四歳なんだけど!?」

「ルーク、今はそんなこと気にしてる場合じゃないでしょ！」

「そんなことって!?」

セレンの言葉に思わず僕は叫ぶ。

僕にとってはめちゃくちゃ重要なことなんだけど！

とはいえ、半数以上を占める男性陣が魅了されたこの状況は、かなりマズい。

すでに土蔵の扉が力づくで抉じ開けられようとしている。

「男性陣は村に帰すしかないか」

仕方ないので彼らは瞬間移動で村に帰すことにした。

残ったのは僕を除くと女性ばかり。

セレン、フィリアさん、ゴリちゃん、ハゼナさん、マリベル女王の五人だけだ。

「私たちだけでやるしかなさそうね」

「うふぅん、これはこれですっごく楽しいわぁん！　終わったら、みんなで女子トークしたいわねえ！」

「それは楽しそうだな。しかし、土蔵の周りは魔物とツタで溢れかえっている。ここからどうやってあの花に近づくんだ？」

マリベル女王の言う通り、今この土蔵から出るのは非常に危険だ。かといって、小窓からアルラウネを攻撃するというのも無理がある。

「僕に任せて」

ズゴゴゴゴゴゴゴゴゴゴゴゴッ!!

この土蔵とアルラウネを一直線に結ぶように、地響きと共に現れたのは二つの城壁だ。

それに挟まれる形で、一本の道ができあがる。

……ちょっと間にあった建物を破壊しちゃったけれど、この辺りは元から建物がほぼ全壊してるような感じだったし、許してもらおう。

「な、なるほど……この道を進んでいくということか。だがまだ、魔物とツタが溢れかえっているぞ？」

「あたしの魔法で燃やし尽くしてやるわ！」

「ふむ、私も協力しよう」

ハゼナさんが魔法の詠唱を始め、フィリアさんが弓を構える。

土蔵の扉を開けると同時に放ち、魔物を一掃しようというのだろう。

「その前にある程度、片づけておくね」

僕は二つの城壁を動かし、道を狭めていく。

グシャグシャグシャグシャッ!!

大量に蠢いていた昆虫系の魔物が次々と潰れていった。

再び城壁を開いたときには、もはやまともに動ける魔物は一体も残っていなかった。

ツタもある程度は潰したはずだけれど、まだ結構元気に動き回っている。細いせいか城壁サンド攻撃はあまり効かなかったようだ。

「扉を開けるわぁん！」

ゴリちゃんが扉を開くと、ハゼナさんの魔法とフィリアさんの矢が放たれた。

猛烈な炎と風を纏う矢が融合しながら、昆虫の死骸とツタを焼き尽くしていく。

炎の矢はそのまま一気に花の中心へと迫った。

しかし花弁が壁のようにそそり立つと、炎の矢をあっさりガードしてしまう。

「さすがにこれだけでは倒せないようだな」

「みんな、行くわよぉん！」

ゴリちゃんを先頭に土蔵から飛び出す。

焼け焦げた昆虫の死骸を踏み越えながら、一気に花のもとへ。

巨大な花弁の内側には、直径十メートルほどの穴が空いていた。その中心から伸びる茎のようなものの上に、人間の少女にしか見えないものがくっ付いている。

「誘き寄せた男たちをこの穴に落として、吸収してしまうのよぉん。中に液体が溜まってるでしょ？　あれは消化液よぉ」

アルラウネの核は、穴の中心にいるあの人間の少女に似た器官だという。

穴に落ちないよう、気をつけて戦わなければならないようだ。

「――――」

そのときアルラウネの少女が口を開き、言葉にはならない何かを発したように見えた。

次の瞬間、穴の中から噴き出してきたのは、

「花粉っ!?」

「吸い込んじゃダメよぉん！　身体が痺れて動けなくなるわぁ！」

「風よ！」

ゴリちゃんが叫ぶと、フィリアさんがすぐに風を起こして花粉を吹き飛ばしていく。

「――――」

さらにアルラウネが口を開くと、

「魔物がどんどん集まってくるわっ!?」

どうやらアルラウネは、魔物を魅惑して自分の思い通りに操ることもできるようだ。

「魔物どもはあたしに任せてくれ！　どのみちこの槍ではアルラウネに攻撃が届かない！」

「アタシも雑魚掃いに徹するわぁん！」

マリベル女王とゴリちゃんは、次々と迫りくる昆虫の魔物を排除していく。

一方、セレン、フィリアさん、ハゼナさんは、遠距離攻撃でアルラウネの「核」を狙った。

「っ、やっぱりあの花弁が邪魔ね！」

だが悉く花弁の盾でガードされてしまう。

正面からの攻撃はなかなか通らなさそうだ。

というわけで、

「セレン、上から行くよ」

「なるほど、その手があるわね！」

僕はセレンと共に、アルラウネの頭上へ瞬間移動する。

ここからだと、そう簡単にはあの花弁で攻撃を防ぐことはできないはずだ。

「潰れなさい！」

セレンがアルラウネの核目がけて放ったのは、巨大な氷柱だ。

「――――ッ!?」

いきなり頭上から攻撃されるとは思ってもいなかったのか、アルラウネが慌てたように見えた。

直後、氷柱がアルラウネを叩き潰す――と思われた次の瞬間、アルラウネが穴の中に下降するとともに、猛スピードで穴が閉じてしまう。

氷柱は閉じた穴の上に突き刺さった。

「逃げたわっ！」

「この穴、閉じることもできるんだ……」

閉じ籠ってしまったアルラウネの核。

「無理やり抉じ開けてやるわ！」

「その必要はないよ」

僕はセレンと一緒に再び瞬間移動。閉じた穴の内側へ。

「――――ッ!?」

まさか穴の中まで追ってくるとは思ってもいなかったのか、驚愕した様子のアルラウネ。

「はぁっ！」

セレンの剣がその胸を貫いた。

そうして穴の底の消化液に落ちる前に、再び瞬間移動で外に戻る。

「花やツタがどんどん枯れていくわ」

核を破壊されて力を失ったのか、巨大な花弁があっという間に枯れていく。

街全体を覆い尽くしていたツタも、見る見るうちに萎んでいった。

その後、ローダ王国が行った調査によると。

どうやらあの街では、領主が秘かに違法な魔物の研究を行っていたらしい。

魔物を支配下に置いたり、あるいは魔物を強化したりする研究で、それによって強大な武力を手に入れようとしていたようだ。

研究に成功した暁にはクーデターを起こし、自らが国の支配者になろうという魂胆だったらしい。

だけどその実験の途中でイレギュラーが発生し、アルラウネが急激に成長。

そのまま街を滅ぼしてしまったそうだ。

「その領主はアルラウネに吸収されてしまったのか、もはやこの世にはおらぬ。当人に関しては自業自得以外の何物でもないが、それで領民たちを危険に晒し、住む場所をも奪うとは。これほど無能な領主は他にない」

調査結果を教えてくれたガイウスさんが、憤慨したように吐き捨てる。

最初に使者として僕の村に来たときは、威圧的で随分と偉そうな感じだったけれど、プライドが高いだけで実は意外と悪い人じゃなかったりする。

ここ最近は気のいいおじさんといった印象で、ローダ王国との窓口にもなってくれていた。

そもそもローダ王国内の貴族の中には、僕やこの村のことをあまりよく思っていない人も多いみたいだ。元々セルティア王国とローダ王国は仲が良くないしね。

それをガイウスさんが根強く説き伏せたりして、友好関係が続くように尽力してくれているのだという。

「それにしてもルーク殿。先日の帝国の一件といい、貴殿には感謝しかない。やはり我が国の爵位を」

「いやそういうの本当にいいんで」

なぜかやたら爵位を授けようとしてくるのだけど、それだけはきっぱりと断っていた。


「え？　村の力を貸してほしい？　いやいや、さすがに多すぎでしょ!?　これで何度目!?」

僕は思わず叫んでしまった。

もちろん力を貸すこと自体は構わないのだけど、同じパターンが続き過ぎて、どう考えてもおかしかった。

似たような話、というレベルじゃない。

元村人が冒険者になって、人助けのために……という流れが、毎回まったく同じなのである。

しかもローダ王国の一件の後も、すでに五度くらい繰り返されていて、これでたぶん九回目になるだろうか。

「急に何があったの？　もしかして誰かの指示で動いてるわけじゃないよね？」

「そ、そんなことはありませんよ？」

バルステ王国で冒険者をしているという今回の依頼主を問い詰めてみると、焦ったように否定してきた。

うーん、明らかに怪しい。

「まぁ、別に悪いことしてるわけじゃないから良いけどさ……」

でもやっぱり、なにか嫌な予感がするんだよねぇ。

そんな感じで、各地で色んな事件を解決したりしていると――

――めちゃくちゃ村の大聖堂に参拝に来る人が増えた。

第三章　村議会選挙

村の大聖堂に参拝に来る人が増えた。

それもちょっとやそっとの増え方じゃない。

大聖堂内には礼拝堂が幾つもあって、一度に三万人も収容できるはずなのだけれど、常に大満員で、大聖堂前の広場には順番待ちの行列ができるほどだった。

「ねぇ、ちょっとさすがに多すぎない？　この村、まるで聖地みたいになってる気がするんだけど……？」

王国各地やキョウ国からの参拝客は以前から多かったけれど、最近は他の国からも参拝に訪れる人が増えていた。

もちろん普通に観光や商売に来る人も増えているものの、それ以上に大聖堂を目当てに訪れる人の増加量が上回っている印象だ。

完全にキャパオーバーになってしまったので、コピー&ペーストを使って、同じ大聖堂を村の反対側に作成することに。

「おおっ!?　まったく瓜二つの大聖堂が一瞬にして現れたぞ!?」

「なんということだ……ああ、これが神の力か……」

するとその様子を見ていた参拝者たちが、その場に跪いて涙を流し始める。

いや、そんなに感動されても困るんだけど……。

さらに彼らのために、大聖堂近くに専用のホテルを作ることに。

「今度は幾つも建物が！」

「やはり神の御業……」

うーん、いちいち感動されちゃう……。

当然のように移住者もどんどん増えていた。

城壁を動かして村を広げ、新しくマンションを建設していく。

僕ももはや完全には把握し切れていないのだけれど、たぶんすでに二十万に近い人が、この村に定住しているような状態だ。

参拝や観光などでの滞在者も含めると、三十万くらいになるかもしれない。

「セルティアの王都でも五万人だよ？　どうなってるの？」

かつてミリアと二人きりでこの荒野に放り出され、小屋が一つしかなかった頃が遠い昔のように思える。

まだあれから二年ちょっとしか経っていないのだ。

その事実に思わず戦慄していると、

〈パンパカパーン！　おめでとうございます！　村人の数が１０００００００人を超えましたので、村レベルが14になりました〉

〈レベルアップボーナスとして、１０００００００００村ポイントを獲得しました〉

〈作成できる施設が追加されました〉

〈村面積が増加しました〉

〈スキル「影武者生成Ⅱ」を習得しました〉

「えっ、またレベルアップしたの!?」

もう慣れてきたはずのレベルアップに、僕は大いに驚いてしまった。

だってつい先日、レベルが13に上がったばかりなのだ。

「レベルが上がるにつれて、段々とレベルアップしにくくなるものだよね？　むしろ過去最短クラスのような……」

だけど思い出してみると、先日ローダ王国も含む各国の国民たちを村人に登録した段階で、すでに九百万人ほどになっていた。

本当は帝国の侵略を止めるまでの一時的な措置だったはずなのに、その後、登録したままにしてほしいと各国からお願いされたのである。

つまり、残り百万人くらいでレベルアップできる状態だったということ。

「いや、だからって百万人も一気に増える……？」

高速鉄道（200）　新幹線車両（1000）　闘技場（3000）　議事堂（3000）　大規模農場（5000）

〈高速鉄道：新幹線を走らせるための道。人や貨物を高速で大量輸送できる。魔物の接近防止機能〉
〈新幹線車両：高速鉄道を走る車両。トイレ付き。全席禁煙〉
〈闘技場：闘技のための施設。即死防止機能。魔物召喚機能〉
〈議事堂：村議会のための施設。民意を適切に反映し、より良い村を作りましょう！〉
〈大規模農場：大規模な農地。作物の成長速度および品質大幅アップ。農業機械付き〉

新しく作れるようになった施設は右の通りだった。

「新幹線だ」

今や国境を越えるほどの長距離移動が当たり前になりつつあるのだけれど、これまでの鉄道では、どうしても長い時間、乗っていなければならなかった。

最近開通したこの村とローダ王国の王都では、途中停車なしの全速力（時速150キロほど）ですら、十時間近くもかかってしまう。

まぁ、それでもこの世界の感覚だと、めちゃくちゃ速いのだけれど。

「よし、今ある鉄道の一部を新幹線に変えてしまおう」

一から高速鉄道を作成すると、一定距離ごとに２００ポイントが必要だけど、元ある鉄道を施設グレードアップで高速鉄道に変えれば、50ポイント分ずつ節約が可能だ。

一時的に鉄道を運行休止させ、影武者を総動員しながら一気に作業を進めていく。

基本的に、国境越えがあるような長距離路線はすべて高速鉄道に。

一方、国内のみのローカル線などは、鉄道のまま残すことにした。

「最近はかなり列車が混んでたし、新幹線車両もたくさん作ろう」


「なにこれ!?　すごくカッコいいじゃない！」

新幹線車両を初めて見たセレンが、興奮したように叫ぶ。

「美しさすら感じられますね。これが新幹線というものですか」

ミリアもまた感嘆している。

高速鉄道が完成し、まずは村の中心メンバーたちにお披露目しようと、みんなを村の地下にある駅に集めていた。

「見事な流線型だ。空気抵抗を最小限に抑えているのだろう」

「ああん、このカタチ、見ているだけでなんだか身体が熱くなってきちゃうわぁん♡」

フィリアさんが感心したように頷き、ゴリちゃんは腰をくねらせている。

……ゴリちゃんはナニを想像しているんだろう。

「はっはっは、ルーク殿。冗談はやめるでござるよ。こんな巨大な塊が動くはずなかろう」

「あれ？　もしかしてアカネさん、新幹線の前に、列車にすら乗ったことない？」

「む？」

どうやらアカネさんは周回遅れの状態だったようだ。

そういえば、一人だけ山脈を越えてこの村に来たんだったっけ。

途中でドーラに拾われてきた形だけど。

「でも村で暮らしてるのに、鉄道のことも知らなかったの？　今はエドウ国と村が鉄道で繋がってるから、二時間くらいで来れちゃうんだよ」

「なっ⁉　道理でエドウのサムライがやたら村にいるわけでござる！」

「どうやって来てると思ってたのさ……。ほら、弟のゴンくんも鉄道を使って村に来たんだよ」

「た、確かに、変だとは思っていたでござる……」

……アカネさん、馬鹿なのかな。知ってたけど。

ともかく全員で新幹線に乗ってみる。

「座席がすべて前を向いてるのね」

「うん。長時間の移動が前提になってるから、座席も大きくてゆったりと座れるんだ」

みんなが思い思いの席に座ったところで、新幹線がゆっくりと走り出す。

「え？　ルーク様、これ、ちゃんと走っていますか？」

「うん、走ってるよ。新幹線は振動が少なくて静かだから、乗っていると分からなくなっちゃうよね」

動いている実感がないのも無理はない。

しかも地下を走っているので、外はずっと真っ暗だ。

「でもこの先でいったん外に出るよ。ほら」

ビュンッ!!

地下から地上に飛び出し、外の景色が見えるようになった瞬間、みんなが一斉に叫んだ。

「「速すぎいいいいいいいいいいいいいいいっ!?」」

「村があっという間に遠ざかっていくわ！」

「鳥を軽々と追い抜いている！」

「拙者の斬撃より速くないでござるかっ!?」

ビュンッ!!

そしてあっという間にまた地下に潜ってしまった。

新幹線が走る高速鉄道の路線は、全部で五つとなった。

一つは村を出発して東に進み、山脈の地下を通ってエドウの王都を通過し、キョウの王都まで続く路線。

一つは村を出発して南下し、ルブル砂漠のエンバラ王国のあるオアシスを通過し、オオサク国の王都まで続く路線。

一つは村を出発して西に進み、アテリ王国、スペル王国、ボアン王国、メトーレ王国と、地中海の北側を通っていく路線。

一つは村を出発してひたすら西進し、ローダ王国の王都に繋がる路線。

そして最後に、村を出発して南のバルステ王国の王都を経て海峡を越え、地中海南の国々に繋がる路線。

実はチュニア王国など、以前帝国に支配されていた国々とも鉄道を繋ぐことになったのである。

基本的に停車駅は最低限しか設けていない。

もちろん各地の拠点となる駅からは、通常の鉄道路線が幾つも出ている。

これによって、以前は十時間くらいかかっていたローダ王国との行き来が、半分以下となる四時間程度にまで短縮された。

高速鉄道は国境を越えて走る鉄道だ。そのため運営をどこの国に任せるのか、本来なら非常に難しい問題になる……のだけれど。

「村が運営するって言ったら、簡単にＯＫされちゃった……。良いのかな？」

「それだけルーク様が信頼されているということでしょう」

ミリアが断言する。

なお、国内の鉄道に関しては、各国の政府に運営を任せる形だ。

「だけど高速鉄道のせいで、ますます簡単に人が来れるようになってしまった……」

「素晴らしいことです（信徒も順調に増えていますし。そしてまた近いうちに千人規模の伝道師を派遣する予定ですよ）。ふふふふ……」

「ミリア？　なに今の笑い？」

「何でもございませんよ？」

村の住民や滞在者が増えたことで、最近ちょっと食料問題が発生しつつあった。

畑での生産が追い付かなくなってきたのだ。

「でも、今回のレベルアップで、ちょうど良さそうな施設が増えたからね」

〈大規模農場：大規模な農地。作物の成長速度および品質大幅アップ。農業機械付き〉

５０００ポイントも要求される施設だけれど、きっとこれである程度は食料難が解決できるだろう。

さらに今回、作成できる施設の中に闘技場が加わっていた。

〈闘技場：闘技のための施設。即死防止機能。魔物召喚機能〉

以前、村で武闘会を開催したときは、訓練場をカスタマイズすることで無理やり作ったのだけれど、どうやらもうあんな面倒なことはしなくていいらしい。

かなり大変だったからね……。

正直あまりいい思い出がないこともあるので、あれ以来まったく利用することなく村の端っこに放置したままだった旧闘技場を消去。

新たにこの闘技場を作ることにした。

「前々から需要はあったからね。またあんな感じで、村人同士が戦う様子を見たいっていうさ。村の戦士たち全員が出るような大規模な大会じゃなくても、定期的にそういった興行を開催していこうかな」

しかも魔物召喚機能とやらを使えば、魔物を出現させることが可能らしい。

人間対魔物の試合もできるということだ。

魔物を召喚するためには、ポイントが必要になるという。ポイントを多く使えば使うほど、より強力な魔物を召喚できるようだ。

「どんな魔物が現れるかはランダムか。即死防止機能もあるし、万一のときも安心だね」

そして今回のレベルアップで新しく作成できるようになった施設の、最後の一つはというと。

〈議事堂：村議会のための施設。民意を適切に反映し、より良い村を作りましょう！〉

この村は現在、セルティアの王様から自治権を認められている。

だけど自治というには、色んなところがあまりにも適当なままだ。

なにせ村長である僕が全権限を持っているというのに、政治に関して完全な素人なのである。

みんなのサポートもあって、ここまで村を発展させることはできたけど、正直これほどの規模となってしまった村を上手く統治していける気がしない。

「議会を作ろう」

そんなわけで、新たに村議会を作ることにした。

村人たちの意見をしっかり反映した村行政にしていくためだ。

「議員定数は三十人くらいかな？　さすがに誰でも簡単になれちゃうと困るから、最低でも一年以上の居住実績は必要だよね。あと年齢制限も設けて……選出方法はやっぱり選挙かな？　まずはみんなに周知して、立候補してもらおう」

そして立候補者を募ったところ、

「えっ、立候補者三人!?　全然いないじゃん！　定数三十人だよ!?」

なぜか立候補がたったの三人しか現れなかった。

過疎化した田舎でももう少し多いと思うよ……。

ちなみにその三人は、ガイさんとネマおばあちゃん、そしてマンタさんだった。

「(若い女子《おなご》は皆、しっかり肌を露出しなければならぬという条例を作りたい。さすればこの村は桃源郷に)」

「(最近はどいつもこいつも根性が無くてつまらないからねぇ。もっと調教しがいのある連中を連れてきてもらいたいよ)」

「(村の美人は全員、俺の彼女にならなければならないという条例を作ればいいんだ！　そうすれば非モテ人生と永遠にオサラバできる！　ははっ、俺ってマジで頭いぃ！)」

うーん、何だろう。

この三人は議員にしちゃダメな気がする。

「何でみんな立候補しないんだろう。もしかして王政の国ばかりで、議会っていうものに馴染みがないのかも？」

「それもあるかと思いますが、最大の理由は今の村に不満がないことでしょう」

僕の疑問に対し、ミリアが教えてくれる。

「ルーク様が思う以上に満足されているのです」

「うーん、それは良いことかもしれないけど……」

とはいえ、今後のことを考えても、議会は必要だろう。

……もう議事堂も作っちゃったし。

「では、わたくしが呼びかけてみましょうか」

「ミリアが？」

「はい。これでも村の神官ですし、人を教え導くのは得意です。それに誰が議員に相応しい高い倫理観と公平性を持つ村人なのか、よく分かっていますから」

大きな胸を力強く叩くミリア。

「あれ、まともなこと言ってるはずなのに、なぜか寒気が……」

「気のせいですよ」

「じゃあ、お願いしようかな」

「ぜひお任せください（議員をわたくしの息のかかった信者で固めるチャンスです……っ！）」

「……本当に大丈夫かな」

その後、ミリアの呼びかけもあって、五十人ほどの立候補者が集まった。

「これで一応、選挙ができそうだね」

無理やり集めた感じになってしまったけれど、とにかく村人たちが自分で選んだという形が重要なのだ。たぶん。

これから選挙を行い、三十人の議員を決める予定だ。

「ふと思ったんだけど、もしかして村長も選挙で決めた方がいいんじゃ……？」

「それでも構いませんが、やる前から結果は決まっているかと思います。仮にルーク様以外の誰かが立候補したとしても、大差で敗北するでしょうから。もちろん、選挙によって選ばれたという体裁を得るために、あえて行うというのもありでしょうが」

……とりあえず村長選については置いておこう。

議会の設置と並行する形で、行政機関についても整理することにした。

一応、今まではざっくりと各分野の担当を決めていて、
他の都市や領地などとの外交に関すること……ダントさん。

村人たちの生活に関すること……ベルリットさん。

村の産業や商業に関すること……ブルックリさん。

村の治安維持や周辺警備に関すること……サテン。

という感じになってはいたけど、組織構成をちゃんとさせたのだ。

そして作ったのは以下の七つの部局。

【自治法務部】村独自の条例の整備や維持、牢屋や更生施設の管理などを行う部局。

【外務部】セルティア王家や諸侯、他国との外交を担当する部局。

【環境生活部】村内の土地の活用や整備、村が提供している住居や公共施設の運営や管理など、村人たちの生活に関する部局。大聖堂についてもここの管轄。

【経済産業部】村の産業や商業について監督する部局。エルフやドワーフたちの工房・工場もここの管轄。

【食料農畜産部】農業や畜産業、飲食店など、村の食に関して監督する部局。狩猟チームもここの管轄。

【安全防衛部】村の治安維持や周辺警備に関する部局。冒険者ギルドはここの管轄。

【教育医療福祉部】村の医療や福祉、学校教育などについて監督する部局。

それぞれの部局には部局長を置いた。

【外務部】はダントさん、【環境生活部】はベルリットさん、【経済産業部】はブルックリさん、

【安全防衛部】はサテンという形で、引き続き以前と同様の分野を担当してもらう。

残りの三部局については、それに相応しい人材にお願いして、部局長を務めてもらうことに。

【自治法務部】は以前、王都で裁判官をしていたというウセルハトさん。

【食料農畜産部】は『達人農家』のギフトを持つテオール、のお父さんのオルテアさん。

【教育医療福祉部】は『癒し手』のギフトを持つエルフのクリネさん、のお姉さんのコルネさん。

宮殿内の各フロアに部局の拠点を置いた。相応の数の職員も雇って、部局長をしっかりサポートしてもらう。

以前から宮殿では、公務員的な感じで職員を雇ってはいたものの、部署など存在していなかったので、その時々に空いている人に仕事をやってもらっていた。今回、彼らを各部局に割り振りつつ、さらに新しく人員を増やした形だ。

「てか、募集人数の五十倍くらいの応募があったんだけど……議員の立候補は全然いなかったのに……」

「この宮殿で働くのは村人たちの夢ですから。当然、殺到しますよ」

わざわざ議事堂を作らずに、宮殿内に議事堂を設けたらよかったのかも……。

一方、選挙の方だけれど、最終的な立候補者は五十二人に。

選挙権を持つのは、被選挙権と同様に、この村での居住実績が一年以上の人ということにした。

選挙権年齢は満十二歳以上である。

これなら人数もそれほど多くない……いや、多いけど。でも今この村に住んでいる人の数よりはずっと少ないので、まだ何のノウハウもない一回目としては助かる。

なお、選挙は二年ごとに行うつもりだ。

立候補者は全員、瓜二つに描かれた顔のイラストが村のあちこちに張られて、いつでもチェックできるようにした。

ガイさんとネマおばあちゃん、それにマンタさんも立候補している……村人たちの良識を信じよう、うん。

そして投票所は、村の中央にある広場に設けた。

あらかじめ選挙権を持つ人たち全員に投票券が配られているので、それを持って並んでもらう。

その投票券は同時に投票用紙にもなっていて、投票したい立候補者の名前を直接この券に書いてもらう。

投票券は魔力に反応する特殊な紙で作られていて、一度投票すると回収される。

投票場で本物かどうかチェックされるので、もし偽物の投票券を作って複数回投票しようとしたら、まず見つかってしまう。

「この紙、偽物じゃないか！」

「げっ、バレた！」

「あんたその顔、立候補してるマンタって男だね！　ズルはいけないよ、ズルは！」

こんな感じで。

立候補者も投票権を持っているので、二度、自分自身に投票しようとしたのだろう。

マンタさん、本当にどうしようもない人だなぁ……。

ごく一部、マンタさんのようなケースもあったけれど、大きなトラブルもなく投票が終わり、開票が行われた。

ただし今回の選挙を踏まえて、選挙違反に関する法整備が必要になるかもしれない。

開票の結果、三十人の当選者が決定した。

もちろんマンタさんは落選だ。

「くそおおおっ、何でだよおおおおおおおおおおっ！」

いや、当然でしょ……。

ちなみに今回はまだルールが曖昧だったので、一応、失格ではない。

「あたしが落選？　どいつもこいつも見る目がないねぇ？」

ネマおばあちゃんも落選したみたい。

「「（だってこんな議員とか怖すぎるし……）」」

うん、僕もそう思う。

「拙僧は当選であった」

え、ガイさんが当選……？

「「（俺たちの夢、お前に託すぞ）」」

……どうやら煩悩に塗れた男たちの組織票が入ってしまったらしい。

しかしこれも村人たちの民意なのだから仕方がない。

そうして三十人の村人たちが初代村議員に就任し、村議会がスタートしたのだった。


〈スキル「影武者生成Ⅱ」を習得しました〉

今回のレベルアップで新しく習得したスキル「影武者生成Ⅱ」。

「影武者生成の上位版だとは思うんだけど、どんな機能が追加されたんだろう？」

〈影武者生成Ⅱ：任意の姿の影武者を生成することが可能〉

「任意の姿の影武者……？　つまり、影武者の姿を変えることができるってこと？」

今までの影武者は、僕の姿形を完全にトレースしたものだった。

ていうか、影武者なんだから当然そうだよね……。

それが僕の姿じゃない影武者を作れるようになったらしい。

「それもう影武者じゃないじゃん！　……まぁ、試してみるとしよう。そうだね……せっかくだから、強そうな影武者がいいな！　身体が大きくて、男らしい感じ！」

イメージするのは冒険者のアレクさんだ。

そのままの姿だと、アレクさんの影武者になってしまうので、もうちょっと僕に似せるというか、僕が大きくなったらこんなふうになるという感じにして、と……。

そうして目の前に現れたのは、イメージしたままの姿の影武者だった。

「よし、完璧だ！　完全に十年後の僕！　間違いない！」

もちろんこのままでは、単に理想の別人を生み出しただけに過ぎない。

でもギフトで作ったこの影武者なら、意識を移して自在に操ることが可能なのだ。

そして影武者に意識を移すと……。

「すごい！　まるで僕自身が本当に男らしく成長したみたいだ！」

鏡に映った自分の姿を確認した僕は、男らしくなった見た目とは裏腹に子供のように喜んでしまう。

嬉しくなった僕は、この姿のまま村の中を歩き回った。

「すごい、全然声をかけられない！」

いつもなら村長の僕が歩いていると、みんなが声をかけてくるし、すごく注目を浴びてしまうので、なかなか気軽に散歩したりするのは難しい。

だけどこの姿だったら僕だとバレる心配はまずないので、自由に行動ができそうだ。

それで油断していると、

「ほう、お前、なかなか強そうだな？　あまり見かけない顔だが、もしかしてこの村に来たばかりか？」

「へ？」

急に声をかけられたので面食らってしまう。

「俺はこの村を拠点にしている冒険者のボレルだ」

どうやら僕のことを冒険者と勘違いしているらしい。

アレクさんをイメージして作った影武者なので、いかにも冒険者といった格好をしているからだろう。

「お前の名は？」

「えっと、僕、いや、俺は……ルイスだ」

適当な名前を言って誤魔化す。見た目に合わせて一人称も変えた。

「あんたの言う通り、この村に来たのは初めてだ」

せっかく勘違いしてくれているので、冒険者ということにもしておこう。

「それならめちゃくちゃ驚いただろう？　こんなところにこんな大都市があるなんてよ。俺が来たのは半年ほど前だが、その頃と比べてもどんどん人も建物も増えてきてやがる。今でも信じられねえくらいだ」

「そんなにか？」

「ああ。だが驚くのはそれだけじゃねぇ。俺たち冒険者にとって、ここはもはや楽園だ。少なくとも俺は、この街ほど稼げる場所を知らねぇよ。近くに二つも魔境があって、しかも街中には冒険者ギルドから徒歩ゼロ分で入れるダンジョンがある」

ボレルさんは現在、Dランクの冒険者パーティ『マッドピラニア』の一員として活動しているという。

実績に応じて冒険者のパーティをランク付けしているのだけれど、Dランクというのは下から二番目のランク。まだまだこれからといった感じだ。

「ちなみにお前、ギフトは？」

「いや……」

「持ってないか。だが心配は要らない。俺たちもそうだからな」

思わず言い淀むと、ボレルさんは勝手にそう解釈してくれた。

「それでも活躍している冒険者は数多くいる。何よりこの村に来てから、かなり調子がいい。以前より明らかに強くなった感覚がある」

きっと訓練場のお陰だろうね。

「だからお前も強くなれるはずだ。……ところで見たところ、パーティは組んでいないようだな？」

「あ、ああ」

「実はまだ、メンバーが俺を含めて三人しかいなくてよ。ここからさらにステップアップするには、新メンバーが不可欠なんだ。ルイス、もしよかったらうちのパーティに入らねぇか？」

「えっ？」

もしかして……パーティメンバーに誘われてしまった……？

もちろんこの男らしい姿のお陰だろう。

いつもの小柄でひ弱な僕だったら、仮に僕が村長だと知らなくても、絶対に声をかけられることなんてなかったはずだ。

「(この人は今、僕のことを立派な男だと思ってくれてるんだ……っ！　こんなこと、今まで一度もなかった……っ！)」

いつも「かわいい」とばかり言われて苦しんできただけに、思わず感動してしまう。

「いやもちろん、今すぐ決めてくれとは言わない。そうだ。せっかくだから、少し手合わせしてみねぇか？　俺たちの実力を知れば、良い判断材料になるはずだ。できればお前の実力も見たいしな」

……どうしてこうなった。

冒険者ギルドに併設された訓練場で、剣を手にしたボレルさんと向かい合いながら、僕は思わず頭を抱えていた。

強い男だと思われ、パーティメンバーに誘われたことで舞い上がってしまった僕は、彼の提案を断ることなく、こうして手合わせをすることになってしまったのだった。

「いくぞ、ルイス！」

そう告げて、ボレルさんが俊敏な動きで飛びかかってくる。

『剣技』のギフトなんて持っていないはずなのに、とてもそうは思えない。

「（ぎゃあああああっ!?　ど、どうしたら!?　いや……でもっ、もしかしたらっ……この屈強な姿ならっ、戦えるかもしれないっ!!）」

僕は覚悟を決めてボレルさんを迎え撃った。

「はぁぁぁっ！」

「うぎゃっ!?」

「え？」

——瞬殺。

うん、やっぱり無理でした。

「見た目だけ強そうなのはダメだ！　実は弱いって分かると、すごく恥ずかしい！」

冒険者ギルドから逃げるように去った僕は、顔を真っ赤にしながら叫んだ。

『い、いや、その……ま、まぁ、この村で頑張れば、お前も強く、なれるかもしれない……ぞ？』

僕が見た目に反してめちゃくちゃ弱いと知ったボレルさんの優しいフォローが、かえって胸に突き刺さる。

「うん、強そうな姿は諦めよう……優しい感じの、でも身長は高いままで、すらっとしたタイプにしよう」

そうして僕は、影武者の姿を変更することにした。

作った後でも自在に修正することが可能なのだ。

「よしよし、これなら強そうには見えないけど、背が高くてカッコいい感じだね」

作り替えた姿に、僕は満足する。

身長は１８０センチくらい。細身ではあるけど、決してガリガリとかではなく、脱げば結構いい身体をしている。

顔は爽やかなイケメンで、すごく仕事ができそうな印象。

服装は先ほどの反省を生かし、冒険者とは真逆の、戦いとは無縁なごく普通の青年の格好にした。

「これなら冒険者と間違えられる心配はないよね」

そうして新しい姿で、僕は再び村を散策する。

今度こそ自由気ままに歩き回れるぞ！

「と思ったけど……なんか結構、ジロジロと見られているような？」

先ほどの姿よりも明らかに視線を感じるのだ。

もしかして僕だとバレてる？

いや、さすがにそんなことはないはずだ。

でも今もすれ違った若い女性グループが、僕の方を見て、何やらひそひそと話している。

「（ねぇ、あの人さ……）」

「（うん、私も思った……）」

「（めちゃくちゃカッコいいよね）」

「（イケメンだし、背も高いし……どこかの国の王子様みたい。でも、格好は庶民的だし……）」

「（ちょっと声かけてみる？）」

「（いやいや、さすがにあたしたちなんて、相手にしてくれないってば。それにもしかしたら本当に王子様のお忍びかもしれないでしょ）」

うーん、何なんだろう？

首を傾げつつも、気にしないことにして散策を続けていると、

「あ、マリベル女王だ」

前方から歩いてくるエンバラ王国のマリベル女王を発見する。

なんか最近、ずっとこの村にいるよね……国のことは大丈夫なのかな？

彼女のすぐ背後には兄であるカシムの姿があった。

「だからついてくるなと言っているだろう！」

「そんなわけにはいかねぇ！　マリベル陛下、オレはあんたの犬になると決めたんだ！　常に傍にいて、どんな危険からも護ってみせる！」

「やめろおおおおっ!?　お前の口からそんな台詞が出てくるのを聞くだけで、頭がおかしくなりそうだっ！　だいたいこの村に危険なんてないだろう……っ!?」

ネマおばあちゃんによって更生したのはいいけど、過去を反省するあまり、カシムはマリベル女王に対して過剰な献身性を見せるようになってしまった。

あるいは過保護と言ってもいいかもしれない。実の妹だからというのもあると思う。

それをマリベル女王はずっと気味悪がっているのに、カシムは自分を曲げようとしない。

更生しても性格は変わってないのかも……。

「えっと、あんまり付きまとうと嫌われちゃうよ？」

「ああ？　何だ、お前は？」

思わず口を挟むと、カシムにめちゃくちゃ睨まれた。

って、そうだった、今の僕は姿を変えた影武者なんだった。

ただ、今さら引っ込むのも変なので、思い切って続ける。

「僕もツンデレな弟がいるから分かるんだ。かわいいからって、あんまり口を出したりしない方がいい。もう子供じゃないんだし、弟には弟の考えがある。遠くからそっと見守る。それが大事だよ」

「っ……」

僕の実感の籠った言葉が少なからず響いたのか、カシムは忌々しそうに顔を歪めるも、何も言い返すことができない様子。

「……ちっ」

結局そう舌打ちだけすると、十メートルほど離れた場所に移動した。

どうやら少しだけ距離を取って、そこから見守るつもりらしい。

……遠くからって、物理的な距離のつもりで言ったわけじゃないんだけど。

それでもカシムが距離を取ったことで、マリベル女王は少しホッとしたように息を吐いた。

それから僕の方を見て、

「あなたのお陰で少しはマシになった。ほとんど四六時中つきまとわれて、正直かなり参っていたところなんだ。……だが、なぜあたしたちが兄妹だと分かったんだ？　あまり似ていないと思うのだが……」

「あ、ええと……それはその、なんていうか、雰囲気で？」

「雰囲気？　むしろ雰囲気こそ真逆のような気が……」

マリベル女王は疑問を抱いたようだったけれど、幸いそれ以上のことは追及してこなかった。

「あたしの名はマリベル。エンバラ王国の出身だ。君は？」

自分が女王であることは伏せつつ、名乗るマリベル女王。

「僕はルーカス。えっと、ローダ王国の出身だよ」

慌てて思いついた名前を口にする。もちろん出身地も適当だ。

「ルーカス、か……」

「？　どうしたの？」

「その……なんというか……」

いつもの凜々しくてはきはきしたマリベル女王が、なぜか少し口ごもり、目を泳がせている。

心なしか、頬も少し赤いような印象だ。

「いや、こんなの、あたしらしくないな」

それから急に意を決したように、彼女は真っ直ぐ僕を見つめてくると、

「初対面でいきなりこんなことを言われると戸惑うかもしれないが、正直めちゃくちゃあたしのタイプだ」

「へ？」

「要するに君に一目惚れした。よかったら、あたしとデートしてくれないか？」

なんかいきなり告白されたんだけど!?

「ええっと、そのっ」

当然ながら焦る僕。

なにせこの身体は影武者で、実在している人間ではないのだ。

中身は僕だし、マリベル女王の期待には応えられない。

ていうか、マリベル女王って、意外と面食いだったんだね……。

「も、もちろん、構わないよ！」

「本当かっ？」

「ただ、ちょっと今は時間がなくて！　また今度なら！」

「そうか。いつなら空いている？」

「そ、そうだね……じ、実は僕、ルーク村長に誘われて、つい最近この村に来ることになったんだけどっ、時間の取れそうなときが分かったら、彼に伝えておくよ！　あっ、もうこんな時間！　ごめんね、マリベルさん！　じゃあ、また！」

僕はまくし立てるようにそう言い残し、逃げるように去ったのだった。

さすがに本当にデートに行くのは難しいので、後でどうにか理由をつけて、〝ルーカス〟は村を出てローダ王国に戻ってしまったことにしよう。

「やっぱりイケメンにし過ぎるのもダメみたいだ……」

第四章　エルフの婚活

その日、村に戦慄が走った。

「婚活しようと思っている」

エルフのフィリアさんが、いきなりそんなことを言い出したのだ。

「こ、婚活？　急にどうしたの？」

「うむ。長寿種のエルフであるとはいえ、私もそろそろいい歳だ。それに最近、弟ができたのだが、物凄く可愛くてな。ぜひ自分の子供も欲しいと思い始めたのだ」

どうやらそれで先ほどの突然の婚活宣言らしい。

もちろんそれ自体は好ましいことなのだけれど……実はフィリアさん、秘かにファンクラブができるほど村の男たちに大人気なのだ。

そのためフィリアさんの宣言は瞬く間に村中に知れ渡って、彼女のファンを大いに動揺させた。

「なに？　フィリアちゃんが婚活を始めるだって？」

「お、怖れていた日がついに……」

「だが婚活を始めるということは、まだ相手がいないってことだろう？」

「つまり俺たちにもワンチャンあるってことか!?」

一喜一憂する彼ら。

中でも最もフィリアさんの宣言にショックを受けたのが、

「フィリアさんが結婚……フィリアさんが結婚……フィリアさんが結婚……フィリアさんが結婚……フィリアさんが結婚……あばばば……」

「ちょっ、セリウスくん!? しっかりして！ まだ結婚するって決まってないから！ 今から魂が抜けるようじゃ先が思いやられるよ！」

セリウスくんは前々からフィリアさんに思いを寄せているのだ。

「ていうか、同じ狩猟チームだし、幾らでもチャンスがあったのに、今までのんびりしてるからだよ……」

マリベル女王を見習ってもらいたいものである。

ところでエルフたちには、独自の婚活方法があるらしく、

「フィリアさん、どうやって相手を決めるの？」

「うむ。実は我がエルフの里には、昔からつがいを決めるための伝統的な手順があるのだ」

「それはどんな？」

「まず女性側が婚活中だという宣言をすると、その女性を嫁に迎えたいと考えた男性たちが名乗り

を上げる。ここで万一、誰も手を挙げなければ、その時点で婚活は終了だ」

実はそういうケースも少なくないという。

宣言した女性が可哀想……と思ったけれど、そもそもエルフは若い期間が非常に長いので、何度も再チャレンジするのが当たり前だそうだ。

人間とは比較にもならないくらい年齢差の激しい夫婦も多いそうで、そのため前回のチャレンジのときにはまだ生まれていなかった相手と、次のチャレンジで晴れてカップリングが成立して結婚する、みたいなことも普通にあるのだとか。

「もし何人も手を挙げた場合は、女性側が選ぶの？」

「いや、ある特別な儀式を行うのだ」

「特別な儀式？」

「うむ。その結果をもって、結婚相手が決まることになる」

女性側には好きな相手を選ぶ権利はないらしい。

「そもそもエルフは恋愛感情の乏しい種族だ。貴殿ら人族のように、意中の異性がいるということはまずない」

「そうなんだ。じゃあ、男性側も、好き嫌いで立候補するわけじゃないんだね」

「ああ。主に女性の条件を見て手を挙げる。精神的に成熟し、身体が強く、思い切りのいい女性を求める男性が多い」

「な、なるほど……」

強い女性が好まれるということらしい。

「エルフに限定して募集するの？」

「いや、せっかくこうして人族と共生させてもらっているのだ。そのつもりはない」

よかった。どうやらセリウスくんにもチャンスがあるみたいだ。

「でも、めちゃくちゃたくさん応募が来ちゃうと思うよ？」

「そうだな……自分で言うのもなんだが、戦士長もしていたし、エルフの男たちからは人気がある方だと思う。少なくとも五人は立候補してくれるだろう」

「絶対そんなレベルじゃないって」

「む？　そうか？　人族からも、少しは立候補がくるだろうか」

どうやらフィリアさん、自分がどれだけ人気なのかを理解していないようだ。

傍から見たら丸分かりなセリウスくんの想いにもまったくピンときていないみたいだし、この手のことに鈍感なのだろう。

というわけで、フィリアさんの婚活宣言から数日後。

彼女の新郎になりたいと立候補した男たちが、村の中央広場に集合していた。

そこへ主役のフィリアさんがやってくる。

「さて、どのくらい集まってくれただろうか？　十人くらいはいるだろうか？　む？　なんだ？

随分とざわざわしているが……」

「って、どれだけいるのだあああああああああああっ!?」


広場に溢れかえる男たちの姿を見た瞬間、フィリアさんは絶叫した。

「な、何だ、これは!?　百人以上はいるぞ!?　い、いや、そんなはずはないっ……そうか、きっと見物客が……」

「見物客じゃないよ。そういう人たちは広場に入れないよう、ロープを張っておいたし。あと、百人どころじゃなくて、五百人はいるよ」

「ごごご、五百人!?」

驚愕しているフィリアさんだけど、こっちとしてはむしろ予想通りだ。

だからこの広場を会場に選んだのだし。

「っ、フィリアちゃんだ！」

「フィリアちゃんの登場だっ！」

「「「フィリア様あああああああああっ!!　結婚してくれええええええええええっ!!」」」

!?
わあああああああ

フィリアさんの登場に、大熱狂する男たち。

「ええと、特別な儀式っていうのが何か分からないけど、さすがにこの人数だと難しいんじゃないかな？」

「……いや、できないことはない」

「そうなの？」

「うむ。その儀式というのが、〝魔境の森縦断耐久レース〟なのだ」

「魔境の森縦断耐久レース……？」

「うむ。読んで字のごとく、魔境の森を縦断するレースのことだ」

村がある荒野の北に広がる魔境の森。

そこは多数の凶悪な魔物が棲息している危険地帯だ。

エルフたちは元々そこに住んでいたのだけれど、森のかなり浅い場所だった。それでも魔物に襲われて、死者が出ることも少なくなかったという。

「それを縦断するって……距離だけでも二百キロくらいあって大変なのに……。結婚の前に死んじゃうでしょ？」

「もちろん相応の対策は行う。魔物に遭遇しないよう、魔物避けのアイテムの使用も許されている。それに森の奥地は本当に危険なため、できる限り迂回しつつ、比較的安全な場所を選んで走るのだ」

「なるほど」

そして最初に森を縦断して戻ってきた者が、晴れて結婚相手として選ばれるらしい。

「でも五百人も参加したら、少なくない数の死者が出るよ……。森に住んで慣れていたエルフたちならともかく、戦えない人も多いんだから」

「む、確かにそうだ」

「まずは別の方法で振るい落として、五百人を一気に二十人くらいにまで絞った方がいいと思うよ」

というわけで、一次審査と称して、あるレースを開催することにした。

それは――

「荒野縦断レースだ！」

この荒野を縦断するレースを行い、その先着二十名だけが次の魔境の森縦断耐久レースに挑めるのだ。

具体的には村を出発して南下、荒野の入り口でUターンして再び村に戻ってくるコース。

距離的にはだいたい百キロくらいになるだろう。

もちろん僕が設置した道路を使ってはダメ。勝手に移動速度がアップしちゃうからね。自力で走って往復しなければ意味がない。

「みんな押さないように！　そこ、無理やり前に出ていかない！　百キロもあるんだから、前だろうと後ろだろうと、そんなに差はないから！」

スタート地点についた五百人の殺気立った男たちに、僕は必死に声を張り上げて呼びかける。

「ちょっと待って！　君はすでに結婚してるでしょ！　既婚者の参加はダメだよ！」

たまに参加要件を満たしていない人が交じっていたりするので、そういう人を除外する必要もあった。

「そこのおじいちゃんも結婚してるでしょ！」

「その心配は要らぬ！　この戦いで勝ったら、ばあさんと別れてフィリアちゃんと結婚するんじゃ！」

「いやダメだってば」

「は、放せえええええええっ！」

妻がいるはずの七十代のおじいちゃんも強引に排除する。ていうか、その歳でこのレースに出たところで勝てるわけないでしょ。

「じゃあ、始めるよ！　……よーい、スタート！」

「「「うおおおおおおおおおおおおおおおおおっ!!」」」

スタートの合図とともに、勢いよく駆け出す五百人の男たち。

「そんなペース、どう考えても持たないと思うんだけど……」

予想通り、数キロも走ると、どんどん脱落していった。

レースの様子を、僕はフィリアさんと一緒に空飛ぶ公園に乗って上空から見ている。この公園には診療所を設置してあるので、もし救護が必要な人がいたら影武者に回収してきてもらうつもりだ。

「ぜぇぜぇぜぇ……く、くそっ……もう、限界、だ……俺、持久走は、苦手なんだよ……」

あっ、マンタさんがぶっ倒れた。

ていうか、苦手なのは持久走だけじゃないでしょ。

「先頭集団は三十人くらいか。ほとんどもう彼らに絞られたような感じだね」

驚くべきことに、彼らは最初からほぼペースが落ちることなく走り続けている。

その中にはセリウスくんの姿もあった。

「って、ガイさんもいるし！」

エロ坊主のガイさんもこのレースに参加していたようだ。

ただ、お世辞にも持久走向きではない体格なので、すでにかなり辛そうだ。

「せ、拙僧は負けぬっ……必ずやエルフ美女と一夜を共にするのだっ……」

煩悩をエンジンにして必死に喰らいついているけど、しばらくすると先頭集団から引き離され始めてしまう。

「ぐう……無念……」

あっ、倒れちゃった。

ガイさんもここで脱落だ。

「……ガイよ……エルフ嫁は……俺に任せておけ……」

そんなガイさんを余所に、顔色一つ変えずに先頭集団を走り続けているのは、ガイさんと同じパーティに所属している狩人のディルさんだ。

この人、普段ほとんど喋らないから存在感が薄いけど、実はガイさんに負けず劣らずのむっつりスケベらしい。

「うーん、是が非でもセリウスくんには頑張ってもらいたいなぁ」

だいたい二時間ほどで先頭集団が折り返し地点に到着した。普段からマラソンの練習をしているわけでもないというのに、五十キロを二時間で走破してしまうなんて、やっぱりこの世界の人たちの身体能力の高さはすごい。

後半戦に突入すると、先頭集団がさらに減っていく。

残り二十キロとなったところで、その人数は十人となっていた。その中にはディルさんとセリウスくんもいる。

「この集団はほぼ確実に、上位二十人に入りそうだね」

勝負は次の第二集団だ。

ここには全部で十三人ほどいて、最低でも三人は次のレースに進めない。

「狩猟チームのランドくんもこの第二集団だ」

ランドくんは最初期からの村人で、『槍技』のギフト持ち。

もうすぐ十七歳になるので、そろそろ結婚をと考えていたところだったという。

うーん、ランドくんも応援したいところだけど、やっぱりセリウスくんかなぁ。

「ん？　なんか後方から、すごい勢いで追い上げてくる人が……」

そのとき後ろの方から凄まじい砂煙を上げ、一気に第二集団に迫りつつある人物がいた。

「はははははっ！　このレース、『鉄人』のギフトを持つ儂のためにあると言っても過言ではないぞ！」

ガンザスさんだ。

マリベル女王の信頼するエンバラ王国のベテラン兵士で、確か年齢はもう五十を超えているはず。

「結婚してないんだっけ？」

念のため村人鑑定で確認してみると、どうやら若い頃に離婚してしまったらしい。

「フィリアさん、バツイチでも構わないの？」

「問題はない。できれば子供が欲しいので、生殖機能に問題のない男性にしたいが、父上が作った特殊なポーションを使えば大丈夫だろう」

レオニヌスさんがフルボッキポーションと名付けたやつのことだ。

これを飲むと一時的に精力が十倍になるらしく、生殖機能を失っていた高齢男性にも効果があったという報告があるそうだ。レオニヌスさんにも子供が生まれたしね……。

ともあれ、そのガンザスさんが第二集団を追い抜いたことで、十三人が残る九人の枠を争うような形になった。

「あっ、先頭はもうゴールしそうだよ」

そうこうしているうちにレースは終盤へ。

二十人の枠に入りさえすれば順位は関係ないのだけれど、二人が先頭集団を抜け出していた。

セリウスくんとディルさんだ。

かつて村で行った大規模な雪合戦イベントで、最後まで戦い続けたという、実は因縁のある二人。

今回のレースでも互いを最大のライバルとして認識しているのか、どちらも残る力を振り絞って全力疾走している。

「頑張れ！」

「どちらも負けるな！」

「ゴールはあと少しだ！」

応援のために沿道に集まった大勢の村人たちが、彼らに力強い声援を送っている。

そして最後はほぼ同時にゴールラインに飛び込んだ。

「どっちが勝った!?」

「いや、分からなかった！」

「同時じゃないか!?」

みんな騒いでいるけど、このレース、順位は関係ないからね？

もちろんリプレイ映像を見たりなんてできないし、勝ち負けは付けなかった。

「ハァハァハァ……ほ、本番では、負けないぞ……っ！」

「それは……こちらの……台詞……ぜぇぜぇ……」

それからしばらくして、八人が団子状態でゴール。その直後にガンザスさんもゴールに辿り着く。

「さて、残りは九人だけど……あれ？」

続いてゴールに向かってきたのは、

「はぁっ、はぁっ、はぁっ……やったぜっ……二十位以内に、ゴールだっ！」

「マンタさん……？」

ゴールラインを走り抜けたところで、わざとらしく地面に倒れ込むマンタさん。

そして仰向けのまま天に拳を突き上げてガッツポーズ。

「いや、もっと早い段階で脱落してたでしょ。ズルはダメだよ、ズルは」

あとで調べたところによると、途中でコースを外れたマンタさんは、しばらくその場に留まって待機。やがて先頭集団がゴールに近づいてくると、さも自分も一緒に走って来たかのようにゴールに向かったらしい。

「マンタさんは失格ね。そして更生施設送り決定」

「俺が悪かったあああああっ！　だからあそこだけはやめてくれえええええっ！」

「ダメだよ。もういい歳でしょ？　お父さんをいつまでも困らせるんじゃないよ」

失格になったマンタさんの後には、残りの枠を求めて続々とゴールに飛び込んできた。

「二十人目！　はい、そこまで！」

「くそおおおおおおおっ！」

ほんの僅かな差で二十一人目となった挑戦者が、絶叫しながら項垂れる。

ちなみにランドくんは十三番目でゴールし、本レースへの挑戦権を獲得した。

「後ろの方は結構もう諦めて歩いてるね。まぁ、二十人目までにゴールできないと意味ないから仕方ないか」

そうしてフィリアさんとの結婚を賭けた本レースへの出場者、二十人が決定した。

そのほぼ全員が、ギフト持ちという非常にハイレベルなメンバーとなった。

狩猟チームの一員や村の衛兵、元騎士に東方の剣士など、顔ぶれは様々。

種族的には人族が多いけれど、エルフもいるし、王国の北から移住してきた獣人もいた。

そんな白熱の予選レースから、一週間後。

いよいよ魔境の森縦断耐久レースが開催されることになった。

スタート地点は、村とは反対側。つまり魔境の森の北側だ。

まだ秋だというのにすでに冬の寒さで、吐く息が白くなる中、二十人の出場者たちはバチバチとレース前から火花を散らし合っている。

「この魔境の森を縦断して、村に最初に辿り着いた人が優勝だよ！」

ゴールは荒野ではなく、村に設定した。

その分、距離が少し長くなってしまうけれど、広い荒野をゴールにしてしまうと、誰が最初に森を抜けてきたのかが分かりにくくなるためだ。

もちろん最短距離で森を突っ切るのが最速だろう。

だけどこの森の、特に奥深くは凶悪な魔物が多数徘徊する超危険地帯だ。

それを承知で強引に突破するのか、それとも遠回りになるけれど避けていくのかは、それぞれの判断次第である。

「一応、魔物避けのアイテムが支給されてると思うけど、効果は絶対じゃないからね。あまり過信はしないように。それからもしギブアップしたいときは、支給した花火を打ち上げてね。瞬間移動ですぐに迎えに行くから。ギリギリになってからじゃなくて、ある程度、余裕をもってギブアップするように」

そう念を押したけれど、彼らの動きは、影武者たちの手も借りつつ、マップ機能で常にチェックしておくつもりだ。

万一の場合はギブアップ前に助けにいく予定だった。

「じゃあみんな、準備は良いね？」

「「「おおおおおっ！」」」

なんとしてでもフィリアさんを嫁に迎えようと、目を血走らせながら叫ぶ男たち。

「フィリアさん、合図を」

「うむ。皆の健闘を祈る。よーい……スタート！」

フィリアさんの掛け声で、横一列に並んだ二十人が一斉に森へと飛び込んでいく。

「スタートしたね。何時間くらいで最初に戻ってくるかな？」

「直線距離だけでも村まで二百キロ以上ある。迂回すればもっと長い。少なくとも丸一日はかかるだろう」

「丸一日か……待ってる方もちょっと大変だね……」

例のごとく空飛ぶ公園に乗り、空から森の様子を確かめてみるけれど、荒野と違ってこちらは木々が邪魔でほとんど見ることができない。

途中経過を確認できるのは、マップ機能が使える僕だけだ。

「(つまり、僕がこっそりセリウスくんをサポートしても、誰にもバレないってこと)」

村人強化を使ったりすれば、セリウスくんの優勝は間違いないだろう。

そんなことを考えていると。

「ルーク」

「セレン？　セリウスくんのことが心配なの？　うんうん、かわいい弟だもんね。やっぱりセリウスくんに勝ってほしいよね」

「違うわよ。勝ってはほしいけど、ズルをしてまで勝ってほしいなんて思ってないわよ」

「え」

「こういうのは自分の力で勝ち取らないとダメでしょ。もしかしてルーク、余計なことするつもりじゃないでしょうね？　あの武闘会のときみたいに」

「ぎくり」

以前、村で開催した武闘会の決勝で、セレンを勝たせるために僕が秘かに村人強化を使ったことがバレてしまい、こっぴどく怒られたのだ。

「もしそんなことしたら、今度は死ぬまでずっと女装だから」

「そそそ、そんなことしないよ!?」

死ぬまで女装だなんて絶対に嫌だ！

セリウスくん……自力で頑張ってね……。


魔境の森の中を突き進む参加者たちを、僕はマップ機能で追っていた。

マップ上を点が動いていくので、現在地が丸分かりだ。

「えっと、ほとんどの参加者たちは、森の中心部を迂回していくみたいだね。でも、三人だけ今のところ真っ直ぐ進んでる。森の中心を突っ切っていく気かもしれない」

その三人というのは、セリウスくんとディルさん、それにガンザスさんだ。

優勝の大本命であり、僕が応援しているのがセリウスくん。

『二刀流』と『緑魔法』のギフトを持ち、その高い敏捷性はうちの村でもピカ一だ。

先日の前哨戦ではディルさんと互角だったけれど、実はあのとき、セリウスくんは風の魔法をまったく使っていなかった。

自分の走力だけで、トップタイでゴールしたのである。

「風の後押しを受ければ、最高速度は誰にも負けないはず」

問題は木々の生い茂った森の中で、どれだけの速度が出せるかだけど……。

「でも、ぐんぐん後ろを引き離してる。邪魔な木々なんて関係ないみたいだ」

そんなセリウスくんの最大の対抗馬が、やはり冒険者のディルさんだろう。

本人は狩人を自称していて、隠密行動からの急襲が得意だ。

ただその最大の本職は、やっぱり斥候だろう。

なにせギフトは『索敵』で、敵の居場所を察知する能力に秀でているのだ。

「むしろこのレースではこれ以上ないギフトだよね。魔物に遭遇する前に回避できるんだから」

荒野でのレースよりも、この森のレースで圧倒的な力を発揮するはず。

走力ではセリウスくんに劣っているかもしれないけど、間違いなく強敵だ。

そんな二人に続いて、最短ルートを選択したのがエンバラの兵士、ガンザスさんだ。

身体が大きくて走力こそ前の二人には及ばないものの、体力や耐久力を大きく引き上げてくれる

『鉄人』のギフトが、この耐久レースでは非常に強力だ。

前哨戦レースでも序盤は出遅れていたのに、みんなが疲れて速度を落とす中、後半で一気に追い抜いて上位二十人の枠に食い込んできた。

もっと距離が長くてハードなこのレースだと、さらに実力を発揮するかもしれない。

「ただ……本当に足は遅いね……森の中は障害物だらけだし、それに苦戦してるのかも……」

◇　◇　◇

魔境の森の中を、セリウスは風に乗って疾走していた。

その速度は、荒野のレースのときを遥かに凌駕する。

通常なら障害物のある森の中の方がペースが遅くなるはずだが、彼の場合は真逆だった。

それもそのはず。

荒野では使っていなかった風の魔法を解禁したのである。

普通ならこの速度で進むと木に激突してしまいそうだが、風の流れに身を任せることで、セリウスは悠々と立ち塞がる木々を回避していく。

彼の得意とする風の魔法が、この森のレースでこれ以上ない効果を発揮してくれていた。

荒野レースでは互角だったディルとの距離が、あっという間に広がっていく。

「フィリアさんと同じ『緑魔法』のギフト……その力で勝利するなんて、もはや運命かも……そうしてぼくたちは結婚して……うあああああああああああっ！」

夢の未来を想像し、思わず顔を真っ赤にしながら絶叫してしまうセリウスだった。

「って、今は考えるな！　まだ勝ったわけじゃないんだから！『索敵』のギフトを持つディルさんだって、荒野よりも森の方が得意のはず……っ！　絶対に油断しちゃいけない！」

必死に頭を振って、目の前の戦いに集中する。

と、そのときだった。

「っ……」

前方に巨大な岩を発見するセリウス。

さすがにこのままだと激突してしまうので、風を操作して上昇気流を作り出すと、それに乗って思い切り跳躍した。

一気に岩の上を飛び越えていく――

バンッ！

「え？」

突如として巨岩の一部が炸裂。

無数の破片が逆向きの雨のごとく降り注いできた。

「があああっ!?」

咄嗟に腕でガードするも、全身に破片が当たって激痛が走る。

そのまま宙を舞って地面に落ちてしまう。

「ぐ……こ、こいつはっ……」

大地に膝をつくセリウスを見下ろしていたのは、巨岩——ではなく、岩に擬態したドラゴンだった。

「グルアアアアアアアアッ!!」

「ロックドラゴン……っ!?」

◇　◇　◇

危惧していたことが起こった。

魔境の森を最短距離で突っ切ろうとしたセリウスくん。

途中までは順調に他を引き離し、先頭をひた走っていたのだけれど、魔境の凶悪な魔物と遭遇してしまったのだ。

しかもただの魔物じゃない。

全身が巨大な岩そのものの、ロックドラゴンと呼ばれる魔物だ。

ちなみに僕は今、ヴィレッジビューというマップの機能を使って、リアルタイムでセリウスくんの様子を見ている。

ロックドラゴンが身体の一部を爆発させることで岩の破片を浴びせ、頭上を飛び越えようとしていたセリウスくんを撃ち落としたところだ。

「ぐ……こ、こいつはっ……」

どうにか致命傷は避けたようで、顔を歪めながらも立ち上がるセリウスくん。

すぐに二本の剣を抜いて応戦しようとする。

だが相手は岩のように硬いロックドラゴン。当然ながら簡単に倒せるような魔物ではない。

もちろんこのレース、わざわざ魔物を討伐する必要なんてなかった。

そのことに気づいたのか、セリウスくんはすぐに踵を返すと、ロックドラゴンに背を向けて逃げ出した。

だけどロックドラゴンは、獲物は逃さないとばかりに後を追いかけてきた。

木々を薙ぎ倒し、地響きを鳴らしながら、重そうな身体の割にかなりの速度で追撃してくる。

何より厄介なのが、先ほどセリウスくんを墜落させた岩の雨だった。

「くっ……」

それをどうにか躱しつつ、ロックドラゴンを徐々に引き離していくセリウスくん。

そんな彼が突っ込んでいったのは、トロルの集落だ。

「「「オアアアアアアアッ!!」」」

「トロル⁉」

ロックドラゴンに集中していたせいで、自分がトロルの群れの中に飛び込んでいたことをようやく理解するセリウスくん。

なんとかその巨体の間を縫って集落を駆け抜けていく。

「グルアアアアアアッ‼」

遅れてロックドラゴンが集落に突入してくる。

トロルの原始的な家屋を次々とぶち壊しながらセリウスくんを追う。

するとトロルたちが激怒し、ロックドラゴンに襲いかかった。巨大な棍棒を、ロックドラゴンの身体に何度も叩きつける。

これにはロックドラゴンも激昂して、トロルを蹴散らし始めた。

「……助かった」

魔物同士がやり合う隙に、集落から逃走して安堵の息を吐くセリウスくん。

「でも、これが魔境の深部っ……思っていた以上の危険地帯だ……っ！」

魔境の森の脅威を肌で理解し、警戒を強めるセリウスくんは、そこで支給された魔物避けのアイテムを使用。

これは魔物が嫌うにおいをつけたお香なのだけれど、その場に留まるならともかく、森の中を走っている状態でどれだけの効果があるのかは疑問だ。

「気休め程度かもしれないけど、ないよりはマシだろう」

実際、その後もセリウスくんは幾度となく魔物に遭遇してしまう。それでもどうにか戦闘を避けつつ、一度も休むことなくひたすら南下していった。

一方のディルさんはというと、やはり『索敵』のギフトが強力で、凶悪な魔物を上手く躱しながら森を進んでいた。

隠密行動も得意なので、何度も魔物に見つかってしまうセリウスくんとは対照的に、今のところまったく魔物に襲われていない。

そうこうしている間に、ついにディルさんがセリウスくんを逆転してしまった。

ちょうど魔境の森の中間地点だ。

「荒野部分を除くと、もうあと半分……セリウスくん、頑張って……っ！」

セレンに念を押されたので、僕はただ行方を見守り、マップ越しに応援するしかない。

ちなみにガンザスさんはというと、セリウスくん同様、魔物に襲われまくっていた。

「ぬうっ！　またかっ！　だが負けぬぞっ！　ぬおおおおおおっ！」

迫りくる魔物を千切っては投げ千切っては投げしているけど、ほとんど同じ場所から動いていない。

そもそもスピードが遅いせいで、セリウスくんのように放置して先に進むことができないのだ。

「ガンザスさんには悪いけど、さすがにここから逆転は難しいと思う。となると、やっぱりセリウスくんとディルさんの二人に絞られた感じだね」

気がつけば日が暮れて夜になってしまった。

レースの状況をリアルタイムで確認できるのは僕だけで、他のみんなはただひたすら待つのみということもあって、花嫁になるフィリアさんを除いてそれぞれ自宅に戻っている。

そのフィリアさんはというと、ずっと静かに瞑目していた。

この伝統儀式の間、花嫁候補は休まず祈りを捧げ続けるというのが習わしらしい。

「すぅ……」

……寝ちゃってるけど。

ひゅ～～～～～～ばんっ！

「あ、花火が上がった」

森のどこからか打ち上げられた花火。誰かがギブアップを宣言したのだろう。

影武者がマンツーマンで様子を確認しているので、すでに救出に行ってるはずだ。

すぐに影武者が脱落者を連れて瞬間移動してきた。

「くっ……無念……」

戻ってきたのは冒険者の青年で、悔しそうに顔を歪めている。

どうやら魔物に取り囲まれて、泣く泣くギブアップしたらしい。

ちなみにこれが初めての脱落者だった。みんな思ったより頑張ってるね。

だけどその後も次々とギブアップが出て、影武者に連れ戻されてきた。

森の深いところに到達したというのもあると思うけど、夜になって急に脱落者が出始めたというのは、やはり日中よりも危険度が増すためだろう。

結局この夜の間に、五人もの脱落者が出た。

そしてレースが始まって、十八時間が経過。

今は朝の六時で、東の空に陽が昇り始めている。

「どう、レースの様子は？」

仮眠を取っていたセレンが、眠そうな目をこすりながら訊いてくる。

ちなみに僕は一睡もせずに様子を見守っていた。

影武者に任せることもできたんだけど、どうしても経過が気になって眠れなかったのだ。

「うん、もう一時間もすれば森を出てくると思うよ」

「え、そんなに進んでるのっ？」

「思ってたより早いよね。まったく休みなく走り続けてるから」

フィリアさんが「丸一日はかかる」と予想していたけど、大きく外れていた。

村のみんなもゴールの瞬間を見たがっていたけど、このままいくと見逃してしまう人もたくさん出そうだ。

「誰が先頭なの？」

「今のところはディルさん。でも……セリウスくんが猛スピードで追い上げてる」

森の深部を抜けたのはディルさんの方が圧倒的に早かった。

セリウスくんは次から次へと襲いかかってくる魔物に大いに苦戦し、かなり遅れてしまったのだ。

だけどようやく最も危険な一帯を突破した後からは、セリウスくんが徐々に距離を詰めてきていた。

このままいくと、ディルさんに追いつけるかもしれない。

「ただ、本当にギリギリだよ。魔物と何度もやり合って、負傷してるし疲弊もしてる」

「大丈夫よ、セリウスなら。ちょっと頼りないところもあるけど、やるときはやる子よ。なんたって私の自慢の弟だもの」

不安がる僕とは対照的に、セレンはそう断言する。

ゴールは村の北にある門だ。

そこを最初に潜り抜けた男性が、晴れてフィリアさんを花嫁に迎えることができる。

「えっ、もうすぐゴールだって？」

「まだ朝だぞ」

「早く見に行かないと！」

予定よりも早くゴールしそうだと知った村人たちが、慌ててゴール地点に集まってくる。

村の外では村人たちがずらりと並んで二つの列を作り、門まで続く道を形成していった。

「見ろ！　誰か森から出てきたぞ！」

「本当だ！　誰だ!?」

「あれはっ……確か冒険者のっ！」

先頭で魔境の森を突破し、荒野に飛び出してきたのはディルさんだった。

さすがに疲労困憊といった様子で、少し足を引き摺りながらこちらに走ってくる。

「ディルのやつが先頭だ！」

「普段は影が薄いのに、めちゃくちゃ目立ってるじゃない！」

「ディルが勝てば、予選で敗北した拙僧の無念も晴れるというもの……否、羨まし過ぎるううううううっ!!　拙僧と変わってくれええええええっ！」

アレクさんたちパーティメンバーも見守る中、ディルさんはもう村まであと半分というところまできている。

森からはまだディルさん以外が出てくる気配がない。

このままディルさんの優勝かと思われた、そのときだった。

「来た！　セリウスくんだ！　って、空から!?」

ついにセリウスくんが森から飛び出してきた。

しかも文字通り飛んでいる。

さらに猛烈な風に乗って、ぐんぐん空へと舞い上がっていく。

一応マップ上でセリウスくんの位置を確認していたのだけれど、まさか走るのをやめて飛行しているとは思ってもみなかった。

「空から一気に追い上げてるぞ!?」

「ど、どっちが勝つんだ!?」

「分からねぇっ！　めちゃくちゃ際どいところだ！」

セリウスくんは地上約百メートルまで上がっていくと、綺麗な放物線を描いて、今度は地上目がけて落ちてくる。

落下予想地点は、まさにゴール地点の門だ。

「って、まさか、あのままゴールに突っ込むつもり!?」

「ルーク、ゴール地点に行くわよ！」

「う、うん！」

空飛ぶ公園から様子を見守っていた僕とセレンは、慌ててゴール地点に瞬間移動しようとする。

「つと、フィリアさんも一緒に行くよ！」

「……む？　もう朝か？」

「花嫁候補なのに寝すぎだよ！　もうすぐゴールしちゃうよ！」

「なにっ!?」

二人を連れてゴール地点の門に瞬間移動。

そこに空から猛スピードでセリウスくんが迫ってくる。

飛行することだけに全身全霊を注いでいるためか、まったく着陸態勢を取ろうという気配がない。

一方のディルさんは、ゴールまであと百メートルにまで来ていた。

列を作った村人たちの大歓声が彼の走りを後押しする。

「あと少しだ！　頑張れ！」

「いい勝負だ！　抜かれるな！」

「空から来てるぞ！」

「……いい勝負？　空から……？　まさか……」

そんな観客たちの声で、ようやく空から迫るセリウスくんに気づいたようで、ディルさんが慌てて後方の空を仰ぎ見た。

「……マジか……」

そう小さく漏らすと、ディルさんは最後の力を振り絞って加速しようとする。

だけどもはや遅かった。その直後、セリウスくんが一瞬にしてディルさんを抜き去ってしまったのだ。

「ぬ、抜いたああああああああああっ!?」

「ゴール直前の大逆転だああああああああっ！」

「お、おいっ、けど、このままだとっ……」

大歓声を響かせる村人たち。

しかし同時にある懸念が瞬く間に広がっていく。

このままではゴールできたとしても、セリウスくんは思い切り地面に激突してしまうだろう。

あの勢いだと、いくらセリウスくんでも絶対に無事じゃすまない。

先にゴールすることだけに精いっぱいで、着陸のことなんて何も考えていないように見える。

「かといって、ゴール前に助けちゃうと失格になっちゃう！」

「私に任せろ」

フィリアさんがそう告げた次の瞬間、ついにセリウスくんが勢いよく門に飛び込んできた。

長さ五メートルほどある分厚い門だけれど、ギリギリ途中で落下せずに潜り抜けていく。

ゴウッ!!

門を抜けた先で、凄まじい上昇気流が発生する。

フィリアさんが魔法で起こした風だ。

それでもセリウスくんの落下の勢いを完全に抑えることはできなかった。

まだそれなりの速度を保ったままで、地面にぶつかってしまうかと思われた、そのとき。

「セリウス！」

すんでのところでセレンがその身体をキャッチ。

「って、重っ……」

だけどいつの間にかセレンよりも大きくなってしまった彼の身体は、落下の勢いもあって予想以上に重たかったらしい。そのまま二人一緒にゴロゴロと地面を転がってしまった。

「いたたた……ちょっと前まで私より小さくて、身体も軽かったはずなのに……」

「う〜ん……」

幸い二人とも無事のようだ。

僕は慌ててセリウスくんにポーションを飲ませる。

するとセリウスくんはカッと目を見開いて、

「け、結果は!?　ぼくは勝てたのかっ!?」

まさにその瞬間だった。

ディルさんが門を潜ってゴールしたのは。

「……無念……」

ディルさんも不眠不休で走り続けて限界だったのか、その場に崩れるように倒れ込む。

最後まで死力を尽くした敗者の姿を称えつつも、僕は勝者に告げた。

「セリウスくん、おめでとう。君の勝ちだよ」

第五章　アマゾネス

フィリアさんの花婿を決めるための魔境の森縦断耐久レースは、セリウスくんの優勝で幕を閉じた。

一人目がゴールした時点で、すでにそれ以上、レースを継続する意味はない。

だけど、それをまだレース途中の人たちに伝えて回収しようとしたところ、たとえ敗北が決定していたとしても、ゴールまで走ってみせると全員から突っ撥ねられてしまった。

結果、ギブアップした人たちを除くと、十三人が無事にゴール。

最後の一人は、スタートからゆうに三十時間が経過してのゴールだった。

ちなみにそれは最短距離を進んできたはずのガンザスさんである。

「よく頑張った！」

「しかも五十代だろう？」

「俺も頑張らねぇとな！」

パチパチパチパチパチパチパチパチパチパチパチパチ。

ゴールの瞬間には大勢の村人たちが集まり、大きな拍手が鳴り響いた。

そしてガンザスさんを、ゴール地点で待ち構えていたのは、

「うふぅん、アタシも感動しちゃったわぁん。最後まで諦めないその心。それでこそアタシの弟子よぉん♡」

「ゴリちゃん師匠……」

「フィリアちゃんの代わりに、アタシがお婿に迎えてあげたいくらいねぇ？」

「そそそ、それはちょっと……っ!?」

「冗談よ、冗談♡」

「ほっ……」

大きく安堵の息を吐くガンザスさんだった。

そんな魔境の森縦断耐久レースから数日後。普段は参拝客で溢れかえっている村の大聖堂が、この日はある二人のために貸し切られていた。

パパパパーン、パパパパーン、パパパパン、パパパパン、パパパパン、パーパーンパパーンパーンパ、パンパンパンパンパンパ～♪

聖楽隊による晴れやかな音色が響き渡る中、二人の男女が礼拝堂に入場してくる。

セリウスくんとフィリアさんだ。

そう。今日は二人の結婚式なのである。

「うおおおおっ、フィリアああああっ、よかったのおおおおおっ！」

「あうあう？」

お父さんのレオニヌスさんが大号泣している。

そんな父親の姿を、生まれたばかりのフィリアさんの弟はまったく泣くことなく不思議そうに見つめていた。

「セリウス……立派になったの」

式にはセレンとセリウスくんのお父さんであるセデス伯爵も来ている。

伯爵家の跡継ぎであるはずのセリウスくんだ。それが異種族のエルフを嫁にするとなって、初めて話を聞いたときは大反対したらしい。

だけど、フィリアさんに会った瞬間、

『(めちゃくちゃ美人ではないかああああああああっ！　なんと羨ましいっっっっっ!!)』

『父上？』

『う、うむ、セリウスよ、お前がそこまで言うのなら、儂としてはもう認めるしかあるまい。好きにするがよい（こんな美女が儂の義理の娘に……うむ、悪くない）』

『まだ何も言ってないのですが……』

なぜかあっさり認めてくれ、式にもノリノリで参加してくれたのだった。

それにしても、セリウスくんはつい最近、十五歳になったばかり。

フィリアさんは百五歳ぐらいだという（エルフはあまり正確に年齢を数えないみたい）。

つまり年齢差なんと九十歳の夫婦の誕生である。

うーん、改めて考えるとすごい話だ……。

なお、エルフの百歳は人族に換算すると三十歳ほどらしいので、十五歳くらいの差と考えることもできなくはない。

そんな歳の差カップルの二人が向かう祭壇の前には、ミリアの姿が。

いつものメイド服ではなく、今日はしっかりした祭服で、ステンドグラスから差し込む陽光も相まって、まるで本物の聖女のように見える。

新しい門出を迎える二人に、ミリアは柔和に微笑みかけながら告げた。

「健ヤカナルトキモ、病メルトキモ、喜ビノトキモ、悲シミノトキモ、互イヲ愛シ、敬イ、命アル限リ真心ヲ尽クスコトヲ誓イマスカ？」

……何でカタコトなんだろう？

「ち、誓いますっ」

「うむ、誓おう」

「ソレデハ、誓イノキスヲ」

そうして互いに向かい合う二人。

だけど本当なら新郎が新婦の被ったベールを上げ、誓いのキスをするはずなのに、セリウスくんが一向に動かない。

「きききききっ……きすっ……きききき っ……」

そんな謎の音を発しながら、顔がどんどん紅潮していく。

うーん、これはダメかも……。

と思っていると、フィリアさんが自らベールを剝ぎ取り、一瞬の隙をついて自分の唇をセリウスくんの唇にくっ付けてしまった。

「〜〜〜〜〜〜〜〜〜っ⁉」

「人族の世界では、誓いのキスとやらをしなければ、婚姻が成立しないのだろう？　それでは困るからな」

ブシュウウウウウウウウウウウウウウッ‼

あ〜あ、セリウスくん、また鼻血を出して倒れちゃった……。

フィリアさんは子供を欲しがってたけど、キスだけでこんな有様じゃあ、子供ができるのはまだまだ先の話になりそうだ。

挙式の後には披露宴が行われた。

お色直しで露出度の高いエルフの伝統的衣装を身に着けたフィリアさんに、またしてもセリウスくんが鼻血を噴出させるというトラブルがあったものの、みんなから祝福されながら晴れて二人は夫婦になったのだった。

ん
ちゅっ♡

「二人ともおめでとう。セリウスくんは今まで最上階で僕たちと一緒に住んでたけど、今日からフィリアさんと同じ部屋に住むよね？」

フィリアさんは今まで、最上階のすぐ下のフロアに住んでいた。

これからセリウスくんにも、そちらで一緒に生活してもらうつもりだった。

「えっ、同じ部屋で⁉」

「なんで驚いてるの？　夫婦なんだから当然でしょ？」

「そそそ、そ、そう、だね……」

もちろんポーションは大量にストックしておいてもらいたい。日常で鼻血を噴き出すタイミングが何度もありそうだし。

きっとそのうち慣れていくと思うよ。

……たぶん。

「ではセリウス殿、早速、今夜にでも子作りといこうか。恥ずかしながら私は未経験だが、やり方だけはしっかり教わっている」

ブシュウウウウウウウウウウウウウッ‼

「フィリアさんも、ちゃんと順序というのを考えようか？」

二人の結婚式の後から、村では空前の婚活ブームが巻き起こった。

村の【環境生活部】が企画する婚活パーティもたくさん開催され、次々と新婚夫婦が誕生していった。

「えっ、ディルさんも結婚したの？」

「……恥ずかしながら……三十半ばで……」

詳しく聞いてみると、先日のレースでの頑張りを見ていた女性が、ディルさんに惚れて求婚してきたという。

「相手はまだ二十歳の美人である。しかも巨乳。なんと羨ましい……」

ガイさんが遠い目をして言う。

「一方の拙僧は、幾度となく婚活パーティに参加しているというのに、未だ成果は無し……一体何が違うというのか……」

「ガイ……お前は……胸や尻を……見過ぎなのだ……」

「なに？　だが女子《おなご》の胸や尻に視線が吸い寄せられるのは、男の性というもの。拙僧にはどうすることも……」

「安心しろ……バレずに見る方法が……ある……」

「それは本当であるかっ？　ぜひそれを拙僧に教授してくれ！」

煩悩を払う努力をするつもりはないようだ。

「もう僧侶と名乗るのやめたら？」

そんなある日のこと。

『なんかやたら攻撃的な集団が村にやって来たよ！』

影武者から珍しい緊急連絡が入った。

「攻撃的な集団？」

僕は瞬間移動を使って、すぐに村の入り口へと飛んだ。

するとそこにいたのは、二十人ほどの集団だった。

「って、女性ばかり……？」

赤みを帯びた髪と目が特徴的な、妙齢の女性たちだ。

全員かなり肌の露出が多く、独特な腕輪や首飾りなどを身に着けている。

彼女たちの背後には村の衛兵たちが倒れていて、強引に村の中にまで入ってきたことがうかがえた。

「この村の衛兵たちがやられるなんて……」

ギフトを持っていない衛兵も多いけれど、それでも村の訓練場で鍛え抜かれた彼らが、そう簡単に負けるはずはない。

ましてや相手は女性ばかりの集団である。

「そ、村長っ！」

まだ無事だった衛兵の一人が慌ててこちらに駆け寄ってきた。

「何があったの？」

「あの女たちが我々の制止を振り切って、無理やり村に入ろうとしてきたので戦いになったのです。ただ、信じられないほど強くて……」

「何者なんだろう？」

「当人たちは、自らのことを戦闘民族だと言っていましたが……」

「戦闘民族？」

と、そのとき集団の一人が口を開いた。

「村長だと？　はっ、てめぇがこの村のトップか？」

整った顔立ちながら、乱暴な口調と鋭い目つき。背はかなり高く、細身だけど全身が鋼のような筋肉に覆われている。

身体のあちこちに傷痕があって、それだけでどれほど過酷な環境を越えてきたのかが推測できてしまう。

「……うん、僕が村長のルークだよ」

「随分と弱そうなトップじゃねぇか」

彼女が言うと、他の女性たちも小馬鹿にしたように嗤い出した。

どうせ僕は男らしくないよ！

内心でムッとしつつ、僕は彼女に問う。

「ええと……あなたは？」

「オレはチェリュウ。アマゾネスの戦士長だ」

「アマゾネス……？」

それって確か、女性しかいない戦闘民族じゃなかったっけ？

「オレたちは強い男を求めてこの村に来た。だが今のところ大した男なんていやしねぇ。トップの村長も、この有様だしな。遠くから来たが、マジで無駄足だったみてぇだぜ」

チェリュウさんは嘆くように顔を顰める。

「ていうか、村長って別に強い必要ないと思うけど……？」

「あ？　まさか、人族ではそうなのか？　オレたちの村では違う。一番強い者こそが、次の族長だ」

なんとも戦闘民族らしい価値観だ。

とそのとき、護衛として一緒に付いてきてくれていたノエルくんが口を開いた。

「村長は……弱く、ない……むしろ、この村で、一番強い」

「ノエルくん……」

いや、強くはないでしょ？

まぁギフトを上手く使って戦えば分からないけど、真っ向勝負だとそこで倒れている衛兵にも瞬殺されてしまう。

そして目の前のアマゾネスの言う「強さ」というのは、真っ向勝負での強さに違いない。

「はっ、そんな雑魚そうなやつが？」

「村長を……馬鹿にするな……おれが、許さない」

「ほう？　てめぇ、オレとやる気か？　つーか、その体格、誰がどう見てもてめぇの方が強そうじゃねぇか」

好戦的に舌なめずりするチェリュウさん。

「くくく、ちょうどいい。先にてめぇの強さを見極めさせてもらうぜ！」

チェリュウさんが地面を蹴った。凄まじい速度で距離を詰め、ノエルくんに迫る。

ちょっ、いきなり!?

ドオオオオオオンッ!!

放たれたのは強烈な回し蹴り。それをノエルくんが盾で受けると轟音が鳴り響いた。

「っ……こいつ、オレの蹴りを、顔色一つ変えずにっ……」

「あれだけ豪語しておいて……むしろ、この程度……？」

驚くチェリュウさんに、ノエルくんは挑発的な言葉をぶつける。

「でかい図体しているだけはあるじゃねぇか！　だがな、今のはほんの挨拶代わりに決まってんだろ！」

ノエルくんの盾を逆足で蹴って宙返りしたチェリュウさんは、着地と同時に再び躍りかかった。

繰り出される拳に対し、ノエルくんはやはり盾でガードしようとする。

「そいつはフェイントだっ！」

だけど寸前で拳を止めたチェリュウさんは、下から盾を掬い上げるような蹴りを放った。

重量級のノエルくんの盾が、その手から離れて宙を舞う。

「盾なしで、オレの蹴りを受け止められるなら受け止めてみやがれっ！」

無防備になったノエルくんへ、再びチェリュウさんの渾身の回し蹴り。

今度こそノエルくんの脇腹に足が突き刺さった。

ドオオオオオオンッ!!

「死んだな」

「ああ。アマゾネス最強の戦士に挑んだのが運の尽きだ」

「チェリュウも、もう少し手加減してもよかっただろうに」

勝利を確信したアマゾネスたちが、そんなやり取りをしていると。

がしっ。

ノエルくんがチェリュウさんの足を摑んだ。

「なっ？　ば、馬鹿なっ……オレの蹴りをまともに喰らって……動いているだとっ？」

「……痛くない……この程度なら……全然……」

「う、嘘を吐くんじゃねぇ！　内臓の一つや二つ、破裂しているはずだ……っ！」

「盾役の……防御力を、舐めるな……たとえ盾がなくても……おれには筋肉の、鎧がある……っ！」

以前は身長こそ高くても線が細かったノエルくんだけど、筋トレに励んだ結果、今ではゴリちゃんに匹敵するような体格となっている。

どうやらその鍛え抜かれた身体そのものが、凄まじい防御力を持つに至っていたらしい。

「っ、てめぇっ!?　がっ……」

ノエルくんは足を摑んだまま、チェリュウさんを豪快に振り回し始めた。

明らかに内臓がやられているような動きじゃない。

「おおおっ！」

「〜〜〜〜〜〜〜〜っ!?」

そうして思い切り空に向かって放り投げるノエルくん。

先ほど蹴り飛ばされた盾を回収すると、チェリュウさんの落下地点へ。

「シールドバッシュっ！」

「ぐあああああああああっ!?」

猛スピードで吹き飛ばされたチェリュウさんは、地面を何度もバウンド。

ようやく止まったときには、ぐったりして動かなくなってしまった。

「ば、馬鹿な……」

「あのチェリュウが……負けた……？」

「アマゾネス最強の戦士が……あの男に……」

アマゾネスたちが戦慄している。

ノエルくんが盾で吹き飛ばしたチェリュウさんは、どうやら彼女たちの中で最も強い戦士だったらしい。戦士長だって言ってたしね。

「あれで、最強……？　大したこと……ない……」

って、ノエルくんがまた相手を挑発するようなこと言ってる！

僕が馬鹿にされたことを怒っているのかもしれないけど、そのチェリュウさんを倒したんだし、そろそろ抑えてよ！

「「こ、この野郎っ……」」

ほら、お陰でアマゾネスたちが激怒して――


「「めちゃくちゃ強くて素敵♡♡♡♡♡」」


「「……え？」」

つい先ほどまで殺気だっていたはずのアマゾネスたちが、急に目をハートにしちゃったので、僕とノエルくんは唖然としてしまう。

「チェリュウを簡単に倒すとか、かっこよ過ぎてマジ死ねるレベル」

「あの大きくて強そうな身体、どう見ても最高じゃん！」

「「「お腹の下の方がキュンとしちゃう♡♡♡」」」

すっかり女の顔になってしまったアマゾネスたちが、ノエルくんに群がっていく。

もちろん僕のことは完全スルーだ。

「筋肉ヤバ過ぎぃ～っ！　ちょっと触らせて！」

「ああん、すっごく硬～～い！」

「「「今すぐ抱いて♡♡♡」」」

アマゾネスのお姉さんたちに取り囲まれ、身体のあちこちを触られるノエルくん。

「～～っ!?　っ!?　……っ!?」

女性経験なんてまったくなさそうなノエルくんは、先ほどまでの挑発的な姿はどこへやら、タジタジになってしまった。

「ほっぺた赤くして超かわいい！　てか、よく見たら結構若いじゃん！」

「え～、もしかして童貞？」

「「「お姉さんが一から教えてあげる♡♡♡」」」

と、そのときだ。

倒れていたチェリュウさんが起き上がった。

……アマゾネスの誰も介抱とかしなかったね。

額に青筋を浮かべ、強く握った拳をわなわなと震わせるチェリュウさん。

ノエルくんに敗北を喫し、言いようのない怒りを表すように、声を張り上げて叫んだ。

「てめぇら、そいつはオレの男だ！　指一本、触れるんじゃねぇ！」

怒ってるの、そっち!?

「わ、分かってるって」

「仕方ねぇな」

「「指一本くらい良いじゃん」」

仕方なさそうにノエルくんから離れるアマゾネスたち。

チェリュウさんは満足そうに頷くと、ノエルくんに飛びかかった。

がんっ！

「だあああありいいいいいいんっ、だいしゅきいいいいいいいいいいっ！♡」

ノエルくんは咄嗟に盾でガード！

「ちょっ、乙女のハグをガードするなんて、酷いじゃねぇかっ!?」

「……乙女……？」

相手の変貌ぶりに、戦慄しているノエルくん。

うん、分かる……僕も同じ立場だったら、間違いなく盾でガードしてる。

「あらぁん、随分と騒がしいと思ったらアマゾネスじゃなぁい」

「あ、ゴリちゃん」

そこへ騒ぎを聞きつけてやってきたのはゴリちゃんだった。

「しかも倒しちゃったみたいねぇん」

「えっと、ゴリちゃんはアマゾネスのこと詳しいの？」

「そうねぇ、昔、アマゾネスの村を訪ねたことがあったのよぉん。彼女たちはとっても攻撃的なんだけどぉ、自分よりも強い男に惚れちゃう性質があるのよねぇ」

「……なるほど」

つまりノエルくんがチェリュウさんを打ち負かしてしまったことで、チェリュウさんはノエルくんに惚れ込んでしまった、と。

だからって、豹変し過ぎでは……もはや別人だ。

「そうやって強い男の子種を宿すことで、アマゾネスは戦闘民族と言われるまでに強くなっていったのよぉん。妙齢のアマゾネスたちが強い男を求めて、各地を旅するというのも彼女たちの伝統なのぉ」

それでこの村を訪れたらしい。

「まさかこんなに早く素敵なだーりんに会えるなんて！　わざわざこの村まで来てよかったぜ！

「ねえ、だーりん♡」

「〜〜〜〜っ!?」

甘い声を出すチェリュウさんが腕に抱き着いてきて、ノエルくんが頬を思い切り引き攣らせる。

「じゃあ、ゴリちゃんなんて、一番好きになられちゃうんじゃや……」

「は？　そいつは女だろ？　女はお呼びじゃねぇよ」

僕の懸念に対して、チェリュウさんが吐き捨てる。

そ、そうだった……ゴリちゃんは確かに女の子だね……。

「む、村には……おれより、強い人……たくさんいる……」

ノエルくんは、どうにかチェリュウさんに離れてもらいたくてそう言ったのだと思う。

だけどその結果、他のアマゾネスたちの目が獲物を狙うそれと化した。

「マジか！　やっぱ噂は本当だったんじゃねぇか！」

「絶対、良い男を捕まえてやるぜ！」

「「「じゅるり……」」」

目を爛々とさせるアマゾネスたち。そんな彼女たちの登場に、まさに婚活ブーム中だった村が大いに沸いた。

「つまり戦って勝てば、アマゾネスを嫁にできるってことか！」

「やってやるぜ！」

「婚活パーティなんて、まどろっこしいことしなくていいのはありがてぇ！」

なかなか婚活の成果が出ていなかった村の男たちにとって、むしろ絶好の機会として映ったようである。

もちろん好き勝手にその辺で戦ってもらっては困る。

なので村が主催し、闘技場で婚活バトル（？）を開催することにした。

アマゾネスは強い男を求め、村の男たちは嫁を求め、一対一で戦うのである。

参加者を募集すると、男性側からの応募が殺到した。

その中にはフィリアさんを求めて行った、先日のレースの出場者も多い。

ガイさんやマンタさん、それにガンザスさんもその一人だ。

「結局、相手は誰でもいいってことかな……」

アマゾネスが二十人しかいないのに対して、男性側は百人を軽く超えてしまった。

これではすぐに女性陣が売り切れになってしまうかと思いきや、

「ふげっ⁉」

「はっ、その程度の力でアタシに挑もうなんざ、百年早ぇよっ！」

さすがは戦闘民族。

生半可な実力の男性たちでは、まったく歯が立たないみたい。

「つ、強すぎだろ……がくっ……」

アマゾネスの蹴り一発で気絶してしまったのはマンタさんだ。

うん、マンタさん程度で勝てるわけないよ。

「ぐっ……その魅惑的な身体……卑怯なり……」

さすがにガイさんは負けないかなと思っていたけれど、アマゾネスの発達した胸や太腿に意識を奪われてしまったらしく、あっさりやられてしまった。

本当に僧侶やめた方がいいと思う。

そしてガンザスさんは、

「いや、さすがにジジイ過ぎて無理」

「が～～～んっ」

どうやら年齢制限があったらしい。

「あたいたちは強い男の子供を宿したいんだよ。ジジイと子作りなんざ、できねぇだろ」

「ところがどっこい、我が村にはその問題を解決できる特殊なポーションがあるのだ！」

「それでも嫌だな」

「そんな……」

アマゾネスは強い男の子供を産むため、若い男を求めるという。そのため歳を取った男は弱い男と同様、生理的に無理なのだとか。

「四十超えてるようなやつは御免だぜ」

「三十代でもキツイくらいだ」

「できれば二十歳前後だな」

あまりにも容赦ない彼女たちの言葉に、ガンザスさんが「ぐはっ」と血を吐いた。

ちなみにアマゾネスたちの大半は十代で、最年長でも二十歳らしい。

十代のうちに男探しの旅に出て、相応しい男を捕まえるのがアマゾネスの伝統のようだ。

そんなこんなで、軽く百人を超えていた男性陣が次々と玉砕していき、あっという間に数を減らしていく。

もちろん見事に戦闘民族を撃破し、射止めることに成功する者たちもいた。

『槍技』のランドくんもその一人だ。

お相手はチャニュウさんで、ランドくんと同じ十七歳。

「だ～りぃぃぃん♡」

「はにぃぃぃぃぃ♡」

う、うん、幸せそうだね……。

そしてアマゾネスが残り一人になったところで、男性側が先に売り切れになってしまった。

つまりたった一人だけ、相手が見つからない人が出てしまったということ。

「ちょっと待てぇぇぇぇぇっ!?　あたいの男だけいないとか、どういうことだよおおおおおっ!?」

その最後の一人、チョレギュさんが頭を抱えて絶叫する。

「ご、ごめんね。応募者がいなくなっちゃって……」

ちょっと申し訳なくなり、僕は思わず謝罪した。

「だ〜りぃぃぃん♡　だ〜いしゅきぃ♡」

「ぼくも、だ〜いしゅきぃ♡」

などと周りが幸せそうにしている中、一人だけ取り残されるのは正直なかなか可哀想だ。

ちなみにチョレギュさんに戦いを挑んだ男たちがゼロだったわけではない。

むしろそれなりに人気な方で、十人近い挑戦者がいたくらいだ。

だけどチョレギュさん、今回やってきたアマゾネスたちの中でもかなりの実力者だったらしくて、挑戦者たちをことごとく返り討ちにしてしまったのである。

「だ〜りぃぃぃん♡　だ〜いしゅきぃ♡」

「ぼくも、だ〜いしゅきぃ♡」

「うるせえええええええええええええっ!!」

成立したカップルたちを怒鳴りつけたチョレギュさんは、血走った目で、

「男……男……どこかに、強い男はいねぇが……？」

そんなことを呟きながら、勝手に村の中を徘徊し始めた。

なまはげみたいになってる!?

「男おおおおおっ！　いたああああああっ！」

「っ!?」

そして通行人の男性に襲いかかってしまう。

「ちょっ、なんすか!?」

元盗賊の下っ端、バールだ。

「ぎゃあああああっ!?」

「ちっ、弱すぎる！」

チョレギュさんに瞬殺されてしまうバール。

一応、村の衛兵なのに……。

「……い、いきなり殴られるなんてっ……こ、興奮するじゃないっすかああああっ、ハァハァ……」

「強い男はいねぇがぁあああああっ!?」

ドMなので喜んでしまっているバールを完全に無視し、チョレギュさんは次のターゲットを求めて走り出す。もはや妖怪だ。

というか、何だろう……このカオスな光景は……。

僕が思い描いていた平和な村のイメージとは、あまりにもかけ離れている……。

その後、アマゾネスたちがどうにかチョレギュさんを抑え込んでくれて、いったんは落ち着いた

のだけれど、

「男男男……強い男早よ……」

うわ言のように呟き続ける彼女に、村の男性たちが引いてしまって、かえってお相手探しが難航する結果になってしまうのだった。


「村長……結婚、することに……なった……」

「えええええっ!?　ノエルくん、チェリュウさんと結婚するのっ!?」

アマゾネス集団の襲来から数日後。

ノエルくんからの報告を受けた僕は、驚きのあまり大声で叫んでしまった。

最初あんな出会い方だったし、チェリュウさんが一方的に好意をぶつけている感じだったので、進展は難しいんじゃないかなって思ってたのに……。

「し あ わ せ ♡」

そのチェリュウさんは、乙女の顔でノエルくんに抱き着いている。

「ほ、本当にいいの、ノエルくん？」

恐る恐る訊くと、ノエルくんは恥ずかしそうに頷いて、

「……おれ……こんなに、女性から、好きになってもらったの……はじめてだから……」

どうやらチェリュウさんの猛アタックが実ったらしい。

ちなみにチェリュウさんは二十歳。

ノエルくんは僕の一つ上で十五歳なので、五歳も年上だ。

「まぁ、セリウスくんのことを考えたら、五歳くらい大したことないけど」

「そうですね、五歳差くらい大したことありませんね。なんならもっと年上の方がいいくらいかと。特に九歳くらい年上の女性がベストではないでしょうか」

なんか急にミリアが割り込んできた!?

……ちなみにミリアはちょうど僕の九個上の二十三歳だ。

年齢を聞いても教えてくれないのだけど、以前、村人鑑定で調べちゃったからね……。

「さすがに九歳は年上すぎでしょ！　完全におばさんじゃない！」

今度はセレンが割り込んできた!?

「やっぱり三歳くらい年上が最高よ！　異論は認めないわ！」

……ちなみにセレンは僕の三つ上である。

「異論しかありませんよ、小娘」

「なによ、おばさん」

バチバチと火花を散らし、睨み合う二人。

うーん、最近は少し喧嘩が減ってきたかなと思っていたけど、やっぱり相変わらず仲が悪いみたいだ。

そしてノエルくんから婚約の報告を受けたすぐ翌日。

「村長、俺たちも結婚することにしたよ」

「えっ、ランドくんもっ？」

同い年のアマゾネスを射止めたランドくんもまた、彼女と結婚してしまうらしい。

「だ～りん、ずぅっと一緒だよぉ♡」

「そうだねぇ、はにぃ～♡」

……何だろう。

チョレギュさんじゃないけど、目の前でイチャイチャされると、確かにイラっとくるよね。

そしてこれはノエルくんとランドくんだけでは終わらなかった。

村人とアマゾネスの結婚ラッシュになったのだ。

お互い明確に結婚を意識してカップルになったこともあって、二十人もいたアマゾネスたち全員が、あっという間にゴールインしてしまったのである。

……もちろん一人を除いて。

「男おおおおおっ！　あたいに男をおおおおおおおおっ！」

チョレギュさん、このまま本当に妖怪になってしまうかもしれない……。

「それにしても、セリウスくんに続いて、ノエルくんにランドくんまで……年齢の近い人たちが、どんどん結婚していく……」

幸い僕より年下での結婚はまだないけれど、なんだか少し不安を覚えてしまう。

そもそもこの世界、十二歳で成人だし、みんな結婚が早いのだ。

大半は十代のうちに結婚してしまう。

「で、でも、二十代や三十代で婚活してる人だっているしね。ガイさんは三十近いし、ディルさんやマンタさんは三十代だ」

フィリアさんに至っては百五歳での結婚だ。

……エルフはあまり参考にならないけど。

とにかく、焦る必要なんてないだろう……と思っていたら、

「ルーク様も春になれば十五歳です。そろそろ（わたくしとの）結婚を考える時期でしょう」

「そ、そうかな……」

「そうよ！　十五歳なら、むしろ遅いくらいよ！（私はもう十八になっちゃうし！　どこかのおばさんよりは全然マシだけど）」

「セレンまで……」

二人から同時に指摘されてしまう。

「でも、相手もしないし……」

「いますが？（ここに）」

「いるけど？（ここに）」

な、なんか二人から物凄い圧が……。

「いい考えがあるわよ！　フィリアと同じように、魔境の森縦断耐久レースで決めたらどうかしら？（森で何度も狩りをしてるし、これなら確実に優勝できるわ！）」

「却下」

セレンの提案を、ミリアが一蹴する。

「何でよ!?」

「夫ならともかく、嫁を決めるのにそんな脳筋な方法で良いわけありません。ルーク様にゴリラ嫁でも嫁がせる気ですか？　むしろお忙しいルーク様に代わって、料理洗濯掃除に育児……家のことは何でもできる家庭的な女性が良いでしょう。ゆえに、やるべきは障害物レース家事版でしょう」

「なによ、障害物レース家事版って？」

聞き慣れない言葉に、眉を顰めるセレン。

「名前の通りです。途中に設置された障害物ならぬ家事をこなしていき、最初にゴールした人の優勝、晴れてルーク様のお嫁になることができるのです（ふふふ、これならばメイドであるわたくしに勝てる者など皆無……ルーク様はわたくしのもの！）」

「そんなレース、絶対にダメだから！」

「まともに料理すらできないあなたでは、ゴールすることも不可能でしょうね」

言い争う二人は、そこからなぜか色んなレース案を出し合っていった。

セレンがダンジョン攻略タイムアタック競争を提案すれば、ミリアは制限時間内に何品料理を作れるか対決を提案し、セレンがオーク早捕まえ競争を提案すれば、ミリアは部屋の早掃除競争を提案した。

うーん、この議論、一生終わらないだろうなぁ。

そもそもそんなやり方で結婚相手を決めたくなんかないんだけど……？

「い、今は村長業が忙しくて、そこまで考えている余裕もないし、きっとまだもう少し先のことだろうなぁっ！　そうだ！　ブルックリさんから、相談したいことがあるって言われてたんだった！　重大な話かもしれないし、すぐにブルックリさんのところに行ってこよう！」

議論がヒートアップしていく二人を余所に、僕は逃げるようにその場から立ち去ったのだった。

第六章　海底神殿

その日、僕たちはゴバルード共和国の首都がある湖に来ていた。

湖の中心の島に首都がある関係で、今のところここの鉄道は湖岸の地下まででストップしている。深い湖の底のさらに地下を経由して鉄道を通すというのが、すぐには厳しかったせいだ。

「この湖の底に神殿があったなんて、私どももまったく知りませんでした」

驚いた様子で言うのはイアンナさん。

以前、ゴバルード共和国の使者として村に来てくれた女性で、現在も村とゴバルードの友好関係のために色々と力を尽くしてくれている。

実は今回、僕たちがこの国にやってきたのは、湖の底に神殿が発見されたためだ。

……された、というか、発見したのは僕の影武者だけど。

島まで鉄道を延ばせるかどうかを確かめるため、マップで湖の様子をずっと調査していたのである。

そこで湖底に建物らしきものがあることに気づいて、ヴィレッジビューで確認したところ、神殿を発見したというわけだ。

そして今回、実際にその神殿に乗り込んで、内部を調べてみようというのである。

「ですが湖の底にある神殿を、一体どうやって調査されるのでございますか？」

「実はうちの村には、エルフたちが作った特殊なポーションがあるんですよ」

「特殊なポーション……？」

「はい。その名も、水中ポーションです」

これは飲めば一定時間、水の中でも呼吸ができるというポーションだ。

浮力も減るため、水中を歩くこともできるようになる。

影武者が調べたところ、湖底の神殿内には水棲の魔物が住みついて、ほとんどダンジョンのようになっているらしい。

そのため僕は、神殿に挑むにあたって、お馴染みの強力なメンバーたちを集めた。

……その中には、どうしても参加したいと訴えてきたアカネさんの姿も。

「今度こそ汚名返上でござる！」

「本当に大丈夫かな……魚が苦手とか言わないよね？」

「魚は大好きでござるよ！」

「それ、食べる方でしょ」

そして今回もまた、マリベル女王とガンザスさんが参戦してくれている。

ついでにカシムも。

「どんな危険があろうと、必ずオレが陛下を護ってみせるぜ！」

「本当にやめてくれ……」

相変わらずマリベル女王が嫌そうな顔をしている。

さらに新しい顔ぶれもあった。

「だーりん、頑張ろうね♡」

アマゾネスのチェリュウさんだ。ノエルくんが参加すると聞いて、ぜひ自分も行きたいと同行を志願してきたのだった。

まぁ実力は確かだし、アカネさんみたいに足手まといになることはないだろう。

「だーりん、手を繋いでいこ♡」

「遠足とかじゃないからね!?」

……前言撤回、足手まといになるかもしれない。

「ルーク殿、ご無沙汰しております、ローデンです。……私のこと、覚えていらっしゃいますか？」

「あ、お久しぶりです。もちろん覚えてますよ」

彼はゴバルード共和国でも名の知れた兵士で、今回唯一、ゴバルード共和国側から参加することになったメンバーだ。

僕と面識があるのは、帝国の中枢に乗り込むとき、共和国を代表して僕たちと行動を共にした一人だからだ。

首都のすぐ近くにある神殿の調査をするのに、さすがにゴバルード共和国側の人が誰もいないというのはよろしくないということで、選ばれたのが彼なのである。

もちろんその実力が、うちの精鋭たちにも負けないレベルにあることはよく知っていた。

「貴殿らの足を引っ張らないよう努力しなければ」

「いえいえ、むしろ百人力ですよ」

そうして僕たちは一人一本ずつ水中ポーションを飲み干すと、僕の作った公園に乗り込む。

公園ごと湖の中へ。

アカネさんが嬉しそうに叫んだ。

「すごい！　本当に息ができるでござる！　これなら泳げない拙者でも、水中を動き回れるでござるよ！」

「いや泳げないんかい！」

確かに泳ぐ必要はないけど、それでよく参加を希望したよね？

湖の底にある神殿を調査するって伝えたはずなのに……。

それにしてもかなり深い湖だ。影武者が調べたところによると、水深は最大で200メートルにもなるのだとか。

神殿があるのは水深およそ150メートルの地点。

水中ポーションがなければ、潜ることとさえ難しいだろう。

当然、光がほとんど入らない世界なので、周囲は真っ暗だ。

「くくく、暗すぎではござらぬか!?」

……さっきまでハイテンションだったアカネさんが怯え始めた。もしかして暗いところも苦手なのかな。

もちろん暗いまま進むのは危険なので、明かりが必要だ。

ガイさんが魔法で光を灯すと湖底が露わになった。

「神殿だ」

そこにあったのは、湖底に長い年月にわたって沈み続けたとは思えないほど美しく、神々しさすら感じさせる建造物だった。

「ところどころ壊れてはいるけど、そんなに古い建物とは思えないわね」

「うむ、いつできたかは分からぬが、驚くほど風化している様子がないな」

「この感じ、建材一つ一つに特殊な魔法処置が施されてるみたいよぉん」

どうやら壊れた部分の多くは魔物によるもので、年月による風化の影響はほとんどないみたいだ。

当時の文明水準の高さが垣間見える。

湖ができるよりも先にこの神殿が作られた、というわけではなさそうだ。

つまり何の目的かは分からないけれど、最初からあえて湖の底にこの神殿を作ったらしい。

「だーりん、とっても素敵な神殿ね♡」

「も、もう少し……警戒した方が……魔物もいるし……」

「いやん、魔物こわぁい……でも、だーりんが護ってくれるからへーき♡」

こらそこ！　こんな場所でイチャつかない！

神殿の扉は固く閉じられ、開けることもできなかったけれど、小窓から中に侵入することができた。

「「ギョギョギョッ！」」

「魔物だ！」

神殿内を進む僕たちの前に立ち塞がったのは、半魚人の魔物であるサハギンの群れだった。

どうやらこの中にかなりの数が住みついているらしい。

もっとも、僕たちの敵ではなかった。
二、三十匹が一斉に襲いかかってきたり、上位種のエルダーサハギンが現れたりもしたけれど、あっさりと殲滅してしまう。
「サハギンなんて水棲のゴブリンみたいなものだし、私たちの相手にもならないわね」

もちろんサハギンだけではなかった。

毒を持つポイズンクラゲ、硬い殻と鋭い鋏を持つ蟹の魔物シザークラブ、巨大な亀の魔物アーケロンなどとも遭遇した。

とはいえ、やはり僕たちが苦戦するほどでもなく（今回は宣言通りアカネさんも活躍してくれた）。

かなり広大で複雑な構造の神殿だったものの、僕たちは三十分ほどで最奥にある巨大な礼拝堂らしき場所に辿り着いていた。

美麗な女神像を祀った、荘厳な礼拝堂だ。

思わず敬虔な気持ちになって、祈りを捧げたくなる厳粛な空気が満ちている。

そんな中、セレンが何かに気づいたらしく、

「ねぇ、ルーク、あの祭壇の上……人形かしら？」

「え？　……本当だ、何かある」

人形、というには精巧すぎるかもしれない。

この湖の色とよく似たエメラルドグリーンの髪に、白く透き通った肌。

胸の前で腕を組み、静かに眠っているけれど、今にも目を覚ましそうにも見える。

「もしかして……本物の人間……？」

と、そのときだった。

「ギョアアアアアアアアアアッ!!」

突如として響き渡った魔物の咆哮。

天井から猛スピードで降りてきて、祭壇の前に現れたのは、身の丈三メートルを超える巨大なサ

ハギンだった。

「みんな、気をつけるのよぉん！　こいつはさっきまでのサハギンとは別格だわぁ！」

「まさか、サハギンロード!?」

三又の槍を手にし、まるで祭壇の上の人形（？）を護るかのように立ち塞がるその姿は、さながら海神ネプチューンだ。

「ここは拙者に任せるでござるっ!!」

「ちょっ、アカネさん!?」

名誉挽回とばかりに、一人で突っ込んでいってしまうアカネさん。

「あああああああああああああっ!?」

だけどサハギンロードが起こした渦に巻き込まれ、回転しながら天井近くまで吹き飛ばされてしまった。

「ぐぇ……」

そして目を回してゆっくりと落ちてくる。

いつになったら汚名を返上できるのか……むしろ汚名ばかり積み上がっている気がする。

「こっちに来るわ！」

セレンが叫んだ直後、サハギンロードが凄まじい速度で接近してきた。

「がっ!?」

「アレクさんっ!?」

アレクさんが肩を斬られてしまう。

あまりの速さに、アレクさんですら反応し切れなかったみたいだ。

恐らく自ら生み出した水流に乗り、泳ぎを何倍にも加速させているのだろう。

サハギンロードはほとんど一瞬で僕たちの間を抜けると、Uターンして再び迫ってくる。

「おれに……任せて……っ！」

みんなを護るように前に出たのはノエルくん。

構えた盾でサハギンロードの突進を受け止めようとする。

だけどサハギンロードはノエルくんのすぐ脇を抜け、後ろにいたチェリュウさんに躍りかかった。

「っ!?　すり抜けた!?」

水流を操ることで、一瞬で泳ぎの軌道を変えたのだ。

「チェリュウさん！」

「おらあああああああああっ!!」

「〜〜〜〜ッ!?」

突き出された三叉の槍を、チェリュウさんは信じられない反応速度でギリギリ回避すると、そればかりか反撃の蹴りをサハギンロードに叩き込んだ。

「チィッ！　掠っただけかよ！」

残念ながらそれは上手く敵をとらえることができなかったものの、まさかカウンターがくるとは思っていなかったのか、サハギンロードが慌てたように距離を取る。

そうだった。チェリュウさん、最近ずっと乙女モードなので忘れかけてたけど、戦闘民族であるアマゾネスたちの中でも最強の戦士なのだ。

もちろん他のみんなだって負けてはいない。

「確かになかなかの速さねぇ。でも、アタシのところに来てくれたら逃がさないわぁん？」

「こっちに来たら凍らせてやるわ」

「セリウス殿、二人で風を起こし、逆向きの水流を生み出せばやつの速度を落とすことができるはずだ」

「あ、ああ、やってみよう……っ！」

いつでもこいとばかりに、次の攻撃に備えている。

「さっきは油断しちまったが、もう目は慣れたぜ。次は一発痛いのをお見舞いしてやる」

さらに一度は不覚を取ったアレクさんも、ガイさんに傷を治療され、剣を構え直す。

「ギュギョ……」

付け入る隙がないのか、サハギンロードは距離を取ったまま礼拝堂内を旋回するだけで、なかなか攻めてこない。

「はっ、そっちから来ねぇなら、こっちから行ってやるぜ！」

そう宣言して距離を詰めていったのはカシムだ。

直後にその身体が二つ三つと分身していく。

これは『暗黒剣技』というギフトを持つカシムの、技の一つ。

僕の影武者と違って本当に実体のない影なので、攻撃されても素通りするだけだけど、本物を見分けるのは至難の業だ。

影なので水流で吹き飛ばすこともできない。

四方八方から迫ってくるカシムから、サハギンロードは慌てて逃走する。

「おいこらてめぇ！　逃げてんじゃねぇぞ！」

後を追うカシムだが、さすがに水中を高速で泳ぐサハギンロードに追いつくことはできない。

「くそ、待ちやがれっ！　……ん、何だ？　身体が、まっすぐ進まねぇ？」

なぜか上手く走れなくなってしまったカシムの様子に、マリベル女王が叫んだ。

「この水の流れは……まさか……っ！」

気づけば礼拝堂内に、一定方向の水流が生み出されていたのだ。

「うわっ……身体が流されるっ!?」

「ルーク!?」

真っ先に影響を受けたのは、残念ながらこの中で一番小柄な僕だった。

サハギンロードはただ逃げていただけではなかった。この礼拝堂内を泳ぎながら、大きな渦を生み出していたのである。

僕に続いて、他のみんなも渦に巻き込まれ、ぐるぐると礼拝堂内を回転していく。

これではもはや自由に動くことすらままならない。

「はあああっ！　せいいいいっ！　はあああっ！」

唯一、ゴリちゃんだけが流れに逆らって泳いでいる。

……そういえばゴリちゃん、泳ぐのもすごく得意なんだった。

「ああんっ、流されちゃううううっ！」

だけど渦の回転が速くなっていくと、そんなゴリちゃんでも逆らうことができなくなってしまった。

そんな中、さらに回転の勢いを速めようと泳ぎつつ、サハギンロードは三叉の槍を手に、身動きの取れない僕たちに襲いかかってくる。

「この流れをどうにかしなくちゃ……そうだ！　城壁生成！」

回転の向きと垂直になるよう、僕は礼拝堂内に城壁を作り出した。

ゴゴゴゴゴゴゴゴゴッ!!

ほとんど一瞬で生み出された城壁によって、水流が強引にせき止められる。

「～～～ッ!?」

水流に乗って高速で泳ぎ回っていたサハギンロードは、その勢いのまま頭から城壁に突っ込んでいった。

ドオオオオオオオンッ!!

「うわ、痛そう……」

白目を剝いて、ふわふわと水中を漂うサハギンロード。

どうやら気絶してしまったみたいだ。

「……い、今のうちよっ！」

まだ少し目を回しつつも、すぐさまセレンが氷の魔法でサハギンロードの下半身を凍らせた。

「これでもうあちこち泳ぎ回れないでしょ」

「～ッ!?」

目を覚ましたサハギンロードは、身動きが取れなくなっていることに気づいて愕然としている。

しかも周りを完全に取り囲まれている状態だ。

「クハハハッ、今度こそ逃がさねぇぜぇ？」

カシムが邪悪に嗤う。

さすがのサハギンロードも成す術はなく、全員からタコ殴りにされることとなった。

「拙者の手柄あああっ！」

いつの間に復活していたのか、自ら斬り飛ばしたサハギンロードの首を掲げ、アカネさんが大声で宣言する。

いや、どう考えてもあなたの手柄じゃないでしょ……。

「ついに汚名返上でござる！」

「むしろ汚名を積み上げただけだよ」

そんなアカネさんのことは置いておいて。

僕たちの意識はすでに、祭壇の上に眠る美女に向いていた。

「どう見ても人形じゃないわね」

「息をしている様子はないが、かといって、死んでいるようにも見えないな」

「それにしても、これはまた素晴らしい大きさであるな……」

「……挟まれたい……」

「こらそこの変態たち」

ガイさんとディルさんの二人がその豊満な胸を評して、ハゼナさんに睨まれている。

「うーん、というか、なんとなくどこかで似たようなことがあった気がするんだけど……ただのデジャブかな……？」

と、そのときである。

突然、祭壇が淡い輝きを放ったかと思うと、その光が眠る美女の中へ。

次の瞬間、閉じられていた瞼がゆっくりと開いた。

「「起きた!?」」

美しい碧眼が露わになり、美女が静かに身体を起こす。

そして不思議そうに僕たちの方を見遣ると、その唇を開いて、

「あらあら、こんなにたくさんの方に寝起きの姿を見られるなんて……わたくし、とっても恥ずかしいですわ」

頬を薄っすらと赤く染め、この状況に似つかわしくない暢気な言葉を口にする。

「えぇと……あなたは何者ですか？　どうしてこんな湖の底に？」

「あら？　わたくしのことをご存じないいんですの？　てっきり、わたくしの力を借りるためにいらっしゃったのかと……」

「もしかして、有名な方……？」

「……なるほど。どうやらその様子ですと、まだそのとき、、、、が来たというわけではないようですわね」

彼女は何かを理解したように頷いてから、

「申し遅れましたわ。わたくしの名はエミリナ。訳あって、この場所で封印されていましたの」

「封印……あっ」

とそこで、僕はあることを思い出す。

デジャブなんかじゃなかった。

今からちょうど一年前くらいのことだろうか。

セルティア王国の王都の地下で発見された遺跡でも、似たようなことがあったのだ。

地下遺跡で封印されていたある人を、うっかり解き放ってしまったせいで、居候として我が家に完全に住みついてしまったのである。

「あの……もしかして、ミランダさんって、ご存じですか？」

僕がその名を口にすると、エミリナさんは少し驚いてから、

「あら？　ミランダもすでに目覚めているんですの？」

どうやら二人は知り合いのようだ。


「うわっ、臭っ……」

部屋に入るとかなり強いアルコールのにおいが鼻を突き、僕は思わず顔を顰めてしまった。

ミリアが掃除してくれているお陰で、一応ぱっと見は綺麗なのだけれど、もはや部屋自体にお酒のにおいが染みついてしまっているのかもしれない。

「おいおい、レディの部屋に入って第一声がそれかよ」

「レディはそんなに足を広げて、昼間っからお酒を瓶ごとラッパ飲みしたりしないです」

僕は呆れたようにツッコむ。

湖の底にあった神殿から戻ってきた僕は、宮殿の最上階の一室に住みついてしまった厄介者の部

屋を訪れていた。

「あらあら、相変わらずですわねぇ、ミランダ」

僕に続いて部屋に入ってきたのは、神殿から連れてきたエミリナさんだ。

「っ、その声は、まさか……やっぱりエミリナじゃねぇか！」

その姿を見るや、ミランダさんが驚いたような顔をする。

どうやら本当に二人は旧知の間柄らしい。

「あなたも封印から解かれていたのですわね」

「そういうテメェこそ。つーか、もしかしてまたこいつらのせいか？　いや、他にこんな真似ができるやつはいねぇか。テメェなんざ、湖の奥底に眠ってたはずだろ。まさか何の情報もなく、そんなとこまで行ける連中がいるなんて、考えもしねぇよな」

「ですわね。詳しい話を聞いた今も、まだ信じられないくらいですの」

気安い感じで話す二人に、僕は訊ねる。

「お二人は何者で、どういう関係だったんですか？」

「おいおい、レディのプライバシーを暴こうなんて、悪趣味じゃねぇか？」

「欠片もレディだと思ったことないです」

どうやら詳しいことは教えてくれないらしい。

今までもミランダさんは煙に巻くようなことを言ってくるばかりで、ろくに自分の正体を明かそうとしなかったのだ。

しかもなぜか彼女には、村人鑑定が使えない。

こっそり調べることもできないのである。

「それにしても、あなた随分と良いところに住んでいますわね？　こんな見晴らしのいい場所で、食事まで出るとか」

「ああ、しかもめちゃくちゃうめぇしよ。そして何より酒が最高で、好きなだけ飲める。このままずっと意地でもここに住み続けるつもりだぜ」

そんなことに意地を見せないでほしいものだ。

「エミリナ、テメェもここに住まわせてもらったらどうだ？」

「そうですわねぇ、確かに今のところ行く当てもありませんし……でも、迷惑ですわよね？」

「何か仕事をしてくださるなら構わないですよ。そこの自称レディは、毎日何もせずにただぐうたらしているだけなので、早く追い出したいなって思ってますけど」

「ククク、はっきり言うじゃねぇか」

まったく堪えた様子もなく、笑うミランダさん。

この人に何を言っても無駄なのは嫌というほど理解してるけど。

「ではお言葉に甘えさせていただきますわ。もちろんその代わり、何かしら村に貢献させていただきますの」

エミリナさんはちゃんとした人のようで良かった。

「どんなことができそうですか？」

「そうですわね……わたくし実は、回復魔法がそれなりに得意ですの。怪我や病気をされた方がいらっしゃったら、治療して差し上げますわ」

「回復魔法、ですか……」

「あら？　あまりよい反応ではありませんわね？」

「いえ、もちろんすごくありがたいです。ただ……そんなに活躍の場がないかも、と思いまして」

「そうですの？　この村、診療所も充実していますの？　でも、ご心配には及びませんわ。わたくしの回復魔法、普通では治せないような怪我や病気も治療することができますのよ」

そう自信満々に胸を叩いたエミリナさんだったけれど――

――数日後。

「って、本当に暇ですわあああああああああっ!!」

エミリナさんは頭を抱えて絶叫していた。

「この村、どれだけポーションを作ってるんですの!?　しかもどう考えても性能がおかし過ぎですの！　それにあの病院という施設に入ると、低級の回復魔法でも信じられない速さで患者が治っていきますわ……っ！　何よりこの村の人たち、そもそも怪我や病気をしなさ過ぎですのおおおっ！」

……うん、この村、治療関係はもう十分すぎるくらいに充実しちゃってるからね。

せっかく得意の回復魔法を活かし、村に貢献してくれようとしたエミリナさんだけれど、新しく入り込む隙がまったくなかったのである。

わざわざ新しく彼女を院長にした診療所を作ったというのに、毎日ぜんぜん客が入らず、ずっと閑古鳥が鳴く状態になってしまった。

「うふふふ……わたくしの力なんて、誰も必要としていないということですわね……」

「エミリナさんが闇落ちしかけてる!? げ、元気出してください！」

お陰ですっかり気落ちした彼女は、部屋に引き籠るようになり――

「本当にこの村、お酒が美味しすぎですのっ！　何より昼から何もせずに飲むお酒、最高ですわあっ!!」

――ただの飲んだくれになってしまった。

しかも最初はちゃんと働こうとしてくれた手前、ミランダさんのようには強く咎められない。

こうして我が家に二人目のタダ飯ぐらいが誕生してしまったのだった。

第七章　第二回武闘会

「ルーク！　今年も武闘会を開催しましょうよ！」

その日、セレンが唐突に訴えてきた。

「去年、決勝で負けた借りを返さなくちゃいけないもの！」

「そういえば、ちょうどこの時期だったっけ」

昨年、村の名物イベントを作ろうということで、試しに開催してみたイベントの一つが武闘会だ。

村の外からも観客が大勢やってきて、大きく盛り上がった。またやってほしいという声も少なくない。

……ただ、僕としては正直ぜんぜん気乗りしないイベントだ。なにせ前回あまり良い思い出がないからね。

それもこれも、「村長に何でも一つだけお願いを叶えてもらえる権利」なんていう優勝賞品のせいだ。

勝手に決めたベルリットさんのこと、今でも秘かに恨んでるよ……？

「でも次は王家が主催してくれるって約束だったし、優勝賞品も用意してくれるはず」

ちゃんとこの約束のことを覚えているか確かめるため、王様のところに行ってみると、

「無論、覚えておる。むしろそろそろ開催の時期だろうと思い、こちらから声を掛けようと思っていたところだ」

どうやら王様もやる気満々だったみたいだ。

しかも王家の力を示す絶好の機会であるし、今回は昨年を上回る規模で開催したいという。

「前回は貴殿の村の住民だけだったが、今回は王国全土から出場者を募集する！　すなわち、この大会で優勝すれば、名実ともに王国最強の称号が与えられるのだ！」

王様、なんだか楽しそう……。

「もちろん俺も参加するぜ！」

「ラウル!?」

いきなり王様との謁見の場に割り込んできたのは、僕の弟、ラウルだった。

『剣聖技』のギフトを持つ彼は、王国軍の特別指導官として雇われていたのだけれど、つい先日、抜本改革が行われて再編成された新生王国軍で、将軍職に抜擢されたという。

「昨年は見るだけだったからな。今年はあの筋肉の化け物をぶっ倒して、俺が優勝してやるぜ。そうすりゃ、王国軍の株も上がるってもんだ」

なんだかもう、すっかり王国軍の人間になってしまっている。

「自分のことより、軍のことを考えるなんて……成長したね、ラウル……兄として嬉しいよ」

「おいなんだその反応は!?　べ、別にいいだろうがっ!?」

思わず涙が出そうになる僕に、声を荒らげるラウル。

「他にも俺が鍛え上げた精鋭たちを参加させてやるぜ！　王国軍はてめぇの村にも負けてねぇってことを証明してやるから、せいぜい覚悟しておくんだなっ！」

「うんうん、お互い頑張ろうね」

「その優しげな目をやめろ！」

開催地は今回もうちの村ということで決定した。

王家が主催ではあるけど、基本的な運営は前年の経験もあるこっちで行うことに。

「最近、闘技場を新しくして、収容人数も八万人に増えました。巨大スクリーンで試合中の映像を流せるので、リングから遠い座席でも、試合の状況が把握できると思います」

「「スクリーン???」」

「ええと……まぁ、見れば分かると思います」

ギフトで作り出した闘技場には、色んなハイテク機能がついているのだ。

その後、武闘会の開催を大々的に告知し、出場者の募集を開始すると、なんと八千人もの応募が殺到した。

前回が千人ちょっとだったので、一気に八倍だ。

「ホテルを増やさないと！　それに予選会場もぜんぜん足りない！」

予想を遥かに超えた応募数に、開催日まで急ピッチで準備を進めることになった。

さすがに一度の予選で絞るのは難しいということで、二段階の予選を行うことに。

そして全員を村に呼んで行うのは大変なので、一次予選は地域ごとでの開催とした。

王国全土を八つのブロックに分け、各地に新しく闘技場を設置。

一対一のトーナメントだけで絞ると時間がかかり過ぎるため、最初は集団戦などで一気に数を減らしつつ、各ブロックを三十二人にまで絞らせてもらった。

なお、応募人数が圧倒的に多かったこともあり、村は単独で一つのブロックとなった。

これにより実力のある村人たちであっても、一次予選で姿を消すという結果に。

「くそおおおっ!?　この俺が一次予選敗退だとおおおおっ!?　ここで活躍して、今度こそかわいい嫁をゲットするつもりだったってのによぉっ！　他のブロックだったなら絶対もっと勝ち上がってたはずなのに……っ！」

あっさり一次で予選落ちしたマンタさんが嘆いているけど、他のブロックだったとしても間違いなく予選落ちしてるってば。

ただ、うちの村のブロックのレベルが非常に高かったことは間違いない。『巨人の腕力』のゴアテさんやアレクさんのパーティの狩人ディルさん、それにダントさんに仕える兵士だったバザラさんまでもが、予選落ちしてしまった。

そうして一次予選を突破した256人で、次の二次予選を戦ってもらった。

村の闘技場を舞台に、一対一のトーナメントで三連勝することでようやく二次予選を通過することができるという非常に狭き門だ。

ここではうちの村人たちが、その圧倒的な実力を見せつける形となった。

一次予選で同じブロックになった者同士が戦わないようになっていたため、他ブロックで勝ち上がってきた猛者たちを次々と撃破。

最終的に三十二人にまで絞られる中、なんとそのうちの半数が、村ブロックからの勝ち上がり組だったのである。

その顔触れはというと。

セレン　フィリア　セリウス　ノエル　ゴリティアナ　バルラット　アレク　ガイ　マリベル
アカネ　カシム　ドリアル　バンバ　ガンザス　チェリュウ　チョレギュ

ちなみにマリベル女王やアカネさんはこの国の人じゃないけれど、ほとんど村の住民のようになっているし、本人たちの強い希望もあって特別に参加を許可した。

そもそも移民ばかりの村だし、正確にどこからが村人なのかを判断するのは難しかったりする。

「この大会で優勝し、サムライこそが最強であることを証明してみせるでござる！」

本人はこう言ってるけど、アカネさんが優勝する可能性はまずないと思うよ、うん。

さらにアマゾネスの二人もここまで勝ち上がっていた。ノエルくんと結婚したチェリュウさんと、未だに婚活中のチョレギュさんだ。

「この大会で必ず良い男を見つけてやるんだ……っ！」

婚活目的でこの大会に出場しているのは、恐らく彼女だけだろう。

もちろんラウルも余裕で勝ち進んでいた。彼が自ら育てたという王国軍の精鋭たちも、四人が決勝トーナメント進出を決めている。

そしてこの三十二人で、改めてクジ引きによりトーナメント表を作り直し、本戦に臨むことになった。

「ゴリちゃんとは真反対の位置ね！　前回と同様、決勝で当たりそうだわ！」

セレンはすでにゴリちゃんのことしか意識してない様子だ。

「でも、順当に勝ち上がったら、ゴリちゃんの前に準決勝でラウルとぶつかることになるよ？」

「っ！　……ほんとだわ」

僕の指摘に、ハッとして頷くセレン。

ラウルは間違いなく今回の優勝候補の一人だろう。決勝でゴリちゃんと激突するためには、この大きな壁を突破しなければならなかった。

「上等だわ！　誰が相手だろうと負けないから！」

二次予選の段階からすでに予選会場がいっぱいになるくらい盛り上がっていたけれど、本戦はそれ以上だった。

会場となる村の闘技場は満員。

八万人もの収容人数を誇るというのに、各地で販売されたチケットは一瞬で売り切れてしまったという。販売所には、販売枚数のゆうに十倍もの購入希望者が殺到したとか。

「セルティア王国の人口は二百万人くらいなのに……」

王家が大々的に宣伝したというのもあるだろうけど、単純計算で人口の三分の一以上がチケットを求めたことになる。

ただ今回、チケットを入手できなかった人たちであっても、武闘会を見ることができるようにした。

施設カスタマイズを使って、巨大スクリーンを闘技場の外壁にも設置したのである。

闘技場の周辺は、闘技場の何倍もの広さがある広場にしておいた。

ここは大会期間中、無料で開放してあるため、誰でも好きなときに観戦が可能だった。

「さあそれではいよいよ、待ちに待った大会本戦のスタートだあああっ！　実況はこの私、『お喋り野郎』のギフトを持つシナーガルが務めさせていただきますっ！　まさかこのギフトが役に立つときが来るなんて、思ってもみませんでした……っ！　なお解説は、今大会、あえなく一次予選で敗退となってしまったディル氏です！」

「……よろしく……」

「ボソボソと非常に聞き取り辛い声です！　なぜこの方が解説者に抜擢されたのでしょうか!?　新婚なので、ご祝儀的な意味合いでしょうか!?」

「それはむしろ……俺が……知りたい……だが新婚は……無関係だ……」

「なお、闘技場の外にも大勢の観客が集まっており、運営の集計によると、その数なんと二十万人を超えるということです！　それだけの一大イベント！　その実況を任された私、人生のピーク間違いなし！」

闘技場内には、王国の有力諸侯たちはもちろんのこと、他国の要人たちの姿も少なくなかった。

そんな中、主催者であるセルティア王国国王、ダリオス十三世が開会を宣言する。

「堅苦しい挨拶は抜きにしよう！　なにせ余も、一刻も早く試合が見たい！　そう思えるだけの素晴らしい戦士たちが、その頂点を決めるべく、この場に集まっておるのだ！　もはや余の言葉など無粋！　さあ、今すぐ試合を始めるのだっ！」

「「「おおおおおおおおおおおおおおおおっ!!」」」

会場中の観客たちが、王様の熱の籠った叫びに呼応し、拳を突き上げて雄叫びを轟かせる。

その熱狂が冷めやらぬうちに、リングの上に早速、二人の戦士たちが登場した。

大注目の第一試合は、いきなり村の住人同士の対戦カードとなった。

「一人目は怪力無双のドワーフ戦士っ、バンバ氏っ!!　その巨大な剣を振り回し、強敵たちを文字通り薙ぎ払って本戦まで勝ち進んできました……っ！　対するは、Aランクパーティを率いるベテラン冒険者、アレク氏……っ！　ベテランらしい危なげない戦いで勝ち上がってきた彼もまた、大剣使いっ！　なんと超重量武器同士の戦いだああああああっ!!」

バンバさんは『剛剣技』のギフト持ちで、アレクさんは『大剣技』のギフト持ち。

似たようなタイプ同士の戦いになった。

巨大な剣と剣がぶつかり合う戦いは、本戦の開幕に相応しい迫力で、会場の熱狂がさらにヒートアップ。

「解説のディル氏、この戦い、どう予想されますか？」

「……両者、同じようなタイプに見えるかもしれない……だが、バンバはよりパワーに特化しているのに対し……アレクは、パワーでこそ劣るものの……技に優れている……勝負の行方は……いかに、自分の有利を活かせるかに、かかっているだろう……」

「い、意外としっかりした解説だああああっ!?」

ディルさんの解説の通り、腕力では『剛剣技』のバンバさんが上回っていて、最初はアレクさんが苦戦を強いられる形になった。

ただ、そこからベテラン冒険者らしく、技と駆け引きで持ち直したアレクさんが、最終的には勝利をもぎ取った。

「第一試合、勝ったのはアレク氏だああああああああっ！　それにしても両者、素晴らしい戦いを見せてくれました！」

続く一回戦の第二試合には、マリベル女王が登場。

『戦乙女』のギフトを持つ彼女は、タリスター公爵領ブロックから予選を突破してきた戦士に勝ち、二回戦へと駒を進めた。

そして第三試合にはガイさんが登場。

相手はアマゾネスのチョレギュさんだった。

「南無阿弥陀仏南無阿弥陀仏……相手の身体に魅惑されてはならぬ……南無阿弥陀仏南無阿弥陀仏……勝てばあのムチムチの身体も拙僧の思うままに……」

ガイさんは必死に念仏を唱え、煩悩を抑え込もうとしているものの、全然抑え切れてない。

「がはっ!?」

あ～あ、負けちゃった。

「もっと強い男はいねぇのがあああああああっ!?」

そしてチョレギュさんは、さらに強い男を求めて二回戦へと勝ち進むのだった。

第四試合には、アカネさんが出場した。

その相手は、ラウルの副官を務めている女性兵士のマリンさんだった。

女性同士の戦いとなったこの試合、両者一歩も譲らぬ白熱した戦いになったものの、最後は『槍技』のギフトを持つマリンさんが勝利を収めた。

「ま、負けた……東方のサムライの力を示そうとしたにもかかわらず、逆にこの大観衆の面前で、一回戦敗退という情けない姿を晒してしまったでござる……もはや切腹以外に――」

いつものようにアカネさんが腹を切ろうとしたときだった。

「いい試合だったぞ！」

「負けた方も素晴らしい戦いだったな！　東方の剣士って強いんだな！」

「次もまた出てくれよ！」

観客からそんな声が。

「……う、うむ。今日のところは、やめておくでござる……」

みんなの応援のお陰で、切腹をやめてくれたみたいだ。ていうか、本当に腹を切るところ一度も見たことないけどね？　もしかして腹切る詐欺じゃない？

第五試合には前回の覇者、ゴリちゃんが登場した。

相手はカイオン公爵領ブロックの猛者だったけど、ゴリちゃんが圧倒的な実力を見せつけて勝利。

「マジであいつに勝てるやついるのかよ……」

「現状、断トツの優勝候補だよな……」

その強さに観客が引いてしまうほどだ。

第六試合にはノエルくんが登場して危なげなく勝利すると、第七試合ではセリウスくんが、ラウルが送り込んできた王国軍の精鋭に勝利。

次の第八試合が終わったところで一日目が終了となり、残りの八試合は二日目へ。

二日目の第九試合ではフィリアさんが、第十試合ではチェリュウさんがそれぞれ勝利。

続く第十一試合で、ついにラウルが登場した。

相手はバルラットさんだ。

『剣技』のギフトを持ち、狩猟チームで最初期から活躍している実力者だけれど、ラウルはそのバルラットさんを圧倒した。

ラウルの『剣聖技』は『剣技』の完全な上位互換だからね……。

「あれが噂の、王国軍最年少の将軍ラウルか」

「彼ならゴリティアナに対抗できるかもしれないな」

第十二試合には元盗賊の親玉ドリアルが出場するも、敗北。

第十四試合では、前回の準優勝者セレンとカシムの対戦となった。

「クハハハハッ、どれが本物か分かるかなァ!?」

「分からないなら全部斬ればいいでしょ」

「ぎゃあああああっ!?」

カシムが作り出した影分身を、ひとつ残らず斬り伏せていくという荒業で、セレンが勝利。

最後の第十六試合には、ガンザスさんが登場。

その相手はなんと、猫族のボス、リリさんだった。

どうやらカイオン公爵領ブロックから予選に出場し、ここまで勝ち上がってきたらしい。

……なお、妹のララさんも出場したらしいけど、一次予選で敗退したとか。

一対一なら、圧倒的な耐久力を誇るガンザスさんに分があるかと思われたものの、敏捷さで優るリリさんがヒットアンドアウェイを幾度も繰り返し、最後はガンザスさんが堪らず膝を屈する形となった。

「無念……」

「ぜぇぜぇ……くそっ、打たれ強すぎだろ、このジジイ……」

試合が終わるなり、リング上に大の字に寝転んでしまうリリさん。体力の限界だったみたいだ。

「獣人の戦士よ！　次こそは負けぬぞ！」

「てめぇとはもう二度と戦いたくねぇよっ！」

これで一回戦が終わり、実況のシナーガルさんが興奮した様子で言う。

「さあ、これで大白熱の一回戦が終了いたしました！　二日間で十六試合もあったというのに、あっという間に感じられましたね！」

八千人の中から勝ち上がってきただけあって、どれも好試合ばかり。

闘技場外の広場にはチケットのない人たちがどんどん増え続け、最後の試合では四十万人もの観戦者が集まったという。

そんな厳しい一回戦を勝ち抜き、二回戦に駒を進めた村人は、次の九名である。

セレン　フィリア　セリウス　ノエル　ゴリティアナ　アレク　マリベル　チェリュウ　チョレギュ

村人同士の潰し合いもあったけれど、半分以上が残っている形だ。

そして翌日の大会三日目。二回戦は、アレクさんとマリベル女王が激突した第一試合から、非常に激しい戦いになった。

どちらも一歩も譲らない互角の戦いをみせたものの、最後はやはりベテランのアレクさんが押し勝つ結果に。

続く第二試合ではチョレギュさんとマリンさんの女性同士の対決。

「何で男じゃねぇんだよおおおおっ！」

「ご希望に添えず申し訳ありませんが、勝たせていただきます」

接近戦を得意とするチョレギュさんに対し、槍の間合いを取りたいマリンさんの見ごたえある駆け引きもありつつ、最後は宣言通りマリンさんが勝利した。

「女じゃ意味ねぇんだよおおおおおっ！」

残念ながらチョレギュさんは、この大会でも理想の相手を見つけることができなかった。

いや、婚活イベントじゃないから……。

第三試合ではゴリちゃんとノエルくんが激突。

『拳聖技』と『盾聖技』の強力なギフト持ち同士の戦いとあって、実はこの二回戦で僕が一番注目している試合だ。

前回の大会では、惜しくもセレンに準決勝で負けたものの、ベスト4入りしたノエルくん。

「だーりいいいいいいいんっ、がんばってええええええええええっ♡」

チェリュウさんの声援を受けながら、前回王者のゴリちゃんに挑む。

番狂わせの可能性もゼロじゃない――

「ああっと、ノエル氏……っ！　ゴリティアナ氏に敗れてここで敗退ですっ！」

「だーりいいいいいいいんっ!?」

――って、あっさり負けちゃった。

「さすがに……相性が悪すぎた……確かにノエルは……防御一辺倒ではなく……攻撃もできる……ただし、決して攻撃力が高いとは言い難い……ゴリティアナのような……耐久力も圧倒的な相手には……通じない……」

ディルさんの解説の通りだった。

ノエルくんのカウンターがゴリちゃんにはまったく効かないので、防戦一方のまま終わってしまったのだ。う～ん、残念。

第四試合にはセリウスくんが登場。相手はラウルの鍛えた王国軍の兵士だったけど、ここはセリウスくんが順当に勝利した。

そして第五試合はフィリアさんとチェリュウさんの、またも女性対決に。

ノエルくんの仇を取るため、決勝まで進むと意気込むチェリュウさんだったものの、フィリアさんが近づくことすら許さずに完封勝ちしてみせた。

「……今の試合も……相性の良し悪しが大きく影響した……」

と、解説のディルさん。

次の第六試合には、ラウルが登場した。

ドリアルを倒した戦士が相手だったけれど、ラウルがまだ本気を出した様子もなく完勝した。

その後、第七試合ではセレンが、第八試合ではララさんが勝ち上がり、ベスト8が決定したのだった。


「ついに三回戦となりましたっ！　ここまで勝ち残ってきたのは、いずれ劣らぬ猛者たちばかりっ！　果たしてどのような戦いを見せてくれるのかっ!?」

武闘会本戦の四日目。

朝からすでに闘技場外の広場に五十万人を超える観客が集まる中、準々決勝となる三回戦が始まった。

「解説のディルさん、ここまでの戦いを見て、ずばり、誰が優勝すると思われますかっ？」

「……大本命は……やはり、ゴリティアナだ……」

「その心は!?」

「彼女は……ただ、強いだけではない……戦闘経験も豊富……そこが……ラウルやセレンとは違うところ……」

三回戦の第一試合はアレクさん対マリンさん。

開始から一進一退の激しい攻防が繰り広げられるも、両者なかなか決め手に欠く状況が続いた。

だけど最後はやはりベテランの経験値がモノを言ったのか、アレクさんが勝利を収めた。

「ラウル様、申し訳ありません」

「いや、むしろ頑張った方だ。あの男、決して突出した強さというわけじゃねぇが、クレバーな戦い方をしやがる」

敗退となって謝るマリンさんに、労いの言葉をかけるラウル。

「後は俺に任せておけ」

これでラウル率いる王国軍の出場者は、ラウル一人を残すのみとなった形だ。

そして第二試合ではゴリちゃんとセリウスくんが激突。

実は前回の大会でも、準決勝でぶつかった二人だったりする。

「前回は負けてしまったけれど……今のぼくは一年前とは違う！　行くぞっ！」

「うふぅん、ということは、あのとき以上にアタシを熱くさせてくれるのねぇっ！」

自ら宣言した通り、セリウスくんはこの一年の成長を証明するように、ゴリちゃん相手に一歩も引かない戦いを見せた。

ただ、ゴリちゃんは攻撃を受ければ受けるほど、強くなるという特異体質（？）の持ち主だ。

全身を覆う闘気が強さを増していくにつれ、次第にセリウスくんが劣勢に。

「イクぅぅぅぅぅぅぅぅうううううううっ！」

最後は恍惚な表情で絶叫するゴリちゃんの猛攻に耐え切れず、前回に続いてセリウスくんは敗れ去ってしまった。

「ハァハァ……うふふ、確かに去年より、ずぅっと強くなってたわぁん」

ゴリちゃんがセリウスくんの成長ぶりを認めている。

って、そういえば前回は僕がこっそりセリウスくんに村人強化を使ってたんだっけ……。今回は強化していないのに、前回より強く感じられたというなら、それだけ大きく成長したということだろう。

第三試合はフィリアさん対ラウル。

夫のセリウスくんが負けたこともあって、自分こそはと意気込むフィリアさんは、試合開始から一気に勝負を決めにかかった。

風を纏う猛烈な速度の矢を次々と放ち、接近することすら許さずに、ラウルを倒してしまおうとしたのである。

「……っ!?　チィッ！」

これにはさすがのラウルも驚いた様子だった。

それでも迫りくる矢という矢を剣で斬り飛ばしながら、少しずつ距離を詰めていく。

もちろんフィリアさんも移動して距離を取ろうとする。

「やるじゃねぇか。んなところで使いたくなかったが、仕方ねぇ。奥の手だ。縮地っ！」

「っ!?」

最後は突如として姿を消したかと思ったラウルが、次の瞬間にはフィリアさんの目の前に出現。

そのまま強烈な斬撃一閃で勝利をもぎ取った。

「い、今、一体何をしたのでしょうか!?　まったく動きが見えませんでしたが……」

「……恐らくは……縮地……相手との距離を瞬間的に詰める、特殊な走法……だが、人間には不可能な芸当だと言われている……まさか、それをこうして、この目で拝めるとは……」

解説のディルさんも驚愕する中、ラウルはベスト4に進出。

そして三回戦最後の第四試合は、セレン対ララさん。

獣人の高い身体能力を生かして戦うララさんは強敵だったけれど、セレンが快勝し、優勝候補の一角としての実力を見せつけた。

「さあ、これでベスト4が出そろったあああっ！　いよいよ明日、準決勝、そして決勝が行われます！　果たして王国最強の称号は誰の手に⁉」

そして翌日。王国中がこの武闘会の話題で持ちきりとなる中、準決勝が始まった。

第一試合はアレクさん対ゴリちゃん。

実は前回大会の準々決勝でもあった対戦カードだ。

「またこうして戦えるなんて、きっとこれはもう運命ねぇ♡」

「……俺はもう二度と、やり合いたくなんてなかったぜ」

嬉しそうにウィンクするゴリちゃんに対して、アレクさんは疲れたように返す。

前回の対決では、ゴリちゃん相手に圧倒され、成す術もなくやられてしまったアレクさんだ。

すでにベテランであるアレクさんが、この一年でその差を埋めるというのは難しい。

案の定、まったく歯が立たずに敗れ去ってしまった。

「準決勝とは思えない、一方的な試合展開でした！　アレク氏と同じパーティで活躍しているディルさん、残念ながらここで敗退ですね」

「アレクには悪いが……ベスト4まで残った者の中では……圧倒的に格下……これでも十分、善戦した方だ……」

ディルさん、フォローしているようでかなり辛辣だ。

準決勝の第二試合では、ついにラウルとセレンが激突した。

一方的な展開になってしまった第一試合とは異なり、こちらは凄まじく拮抗した戦いとなった。

縮地で距離を詰めながら激しく攻め立てるラウル。

それを二本の剣と、魔法で生み出した氷の盾で捌いていくセレン。

だけどセレンも守勢に回っているだけじゃなかった。

いつの間にかリング全体が冷気によって極限まで冷やされていて、段々とラウルの動きが鈍くなっていく。

「ちっ……身体がっ……」

デバフをかけられた状態になったラウルを、今度はセレンが一気呵成に攻め立てた。

このまま手足が凍り付いて動かなくなったら敗北は必至と理解したラウルは、猛烈な闘気を全身から漲らせて一か八かの賭けに出る。

そうはさせまいと、セレンもそれに応じ――その結果、

「こ、これはっ……あ、相打ち!?　両者同時に手痛い一撃を喰らい、リング上に倒れ込んでしまったあああああああああっ！」

二人そろってダウン。

だけど先に立ち上がったのがラウルの方だった。

「セレン氏は立ち上がれず！　ラウル氏の勝利だあああっ！　早くポーションをっ！」

今大会、屈指とも言える好試合となった準決勝第二試合だったけれど、残念ながらセレンはここで敗退。

昨年のリベンジを果たすことはできず、決勝にはラウルが進出したのだった。

つまり決勝戦はゴリちゃん対ラウルで決定だ。

ところでこの日は大会の最終日。準決勝が午前中に行われると、午後には決勝戦で、王国一の強者が決定することになっている。

ただ、幾らエルフ印の高性能ポーションといえど、傷を癒すことはできても疲労した身体を完全に回復させることはできない。

準決勝の試合時間や内容によっては有利不利が出てくるし、せっかくの決勝がそれで盛り下がってはよろしくない、ということで。

「わたくしにお任せあれですわっ！　わたくしの回復魔法にかかれば、傷も病気も体力もメンタルも、ぜ〜んぶ治せますの！　うふふふっ、ようやく活躍できますわっ！」

エミリナさんの力を借りることになった。

得意の回復魔法を活かせずにミランダさん化していたけど、重要な場面で活躍できるとあって、すごく嬉しそうだ。

「なるほど、こいつはすげぇな。疲れも吹き飛んじまったぜ」

「うふぅん、これなら決勝戦、全力でやれるわねぇ♡」

ラウルとゴリちゃんも驚くほどの効能らしい。

そうして準備が整ったところで、

「さあ、ついに決勝戦です！　まさに頂上決戦に相応しい対戦カードでしょう!!」

リングに上がってきた二人の戦士たちに、会場内からはもちろん、会場の外からも爆発するような大歓声と大拍手が巻き起こった。

その試合内容は、準決勝のラウル対セレンに勝るとも劣らない、激しいものとなった。

『剣聖技』のラウルと『拳聖技』のゴリちゃん。

剣と拳を極めた二人は、目にも留まらぬ速さで剣と拳を幾度もぶつけ合う。

その度にゴリちゃんの拳から鮮血が舞った。

さすがのゴリちゃんも、ラウルの剣を素手で受けるとノーダメージでは済まないみたいだ。

だけどダメージを受けるほど強くなるのがゴリちゃんだ。

血が飛び散るごとにパワーもスピードも増していき、段々とラウルを圧倒し始める。

「はっ！　そうこなくちゃ面白くねぇぜっ！」

にもかかわらず、ラウルは一歩も引かなかった。

犬歯を剥き出して獰猛に笑うと、あろうことかパワーアップしているゴリちゃんを逆に押し返してしまう。

「ああんっ！　こんなに激しい相手っ、初めてよおおおおおんっ♡」

恍惚とした顔で叫ぶゴリちゃん。

身に着けていた衣服が弾け飛び、大山脈のごとき筋肉が露わになる。

「イクぅぅぅぅぅぅぅぅぅぅうううううううううううっ！」

そんな嬌声と共に放たれたのは闘気の砲弾だ。

「出たあああああああっ！　これぞ、ゴリティアナ氏の最強奥義っ！　前回大会では優勝を決めた大技だあああああっ!!」

高速で迫りくるそれを、ラウルは避けようとはしなかった。

それどころか闘気を纏わせた刀身で、ゴリちゃんの砲弾を斬り飛ばしてしまう。

「斬ったあああああああっ!?」

だけど砲弾は一撃では終わらない。

次々と撃ち出されるそれを、ラウルは返す刀で斬り落としていく。

しばらくその均衡状態が続いたものの、

「ぁんっ！」

「くっ……」

二人そろって闘気の輝きが勢いを失い始めた。

さすがの彼らも、生命エネルギーである闘気が枯渇しかけているみたいだ。

「この戦いっ……先に闘気が尽きた方がっ……負ける……っ！」

ディルさんが珍しく興奮した様子で叫ぶ。

結果はまさにその通りになった。

片方の闘気が失われ、ついに決着がついたのだ。
そうして八千人もの応募者たちの頂点となったのは――

第八章　死の樹海

クランゼール帝国の南部には〝死の樹海〟と呼ばれ、怖れられている広大な魔境が存在している。

その面積はセルティア王国領の三分の一にも匹敵し、アテリ王国やスペル王国といった小国がすっぽり収まってしまうほど。

魔物の棲息密度も異常に高い。

そのため常に弱肉強食の争いが繰り広げられており、その結果、仮に同種の魔物であったとしても、その強さは樹海の外とは比較にもならなかった。

独自に進化を遂げた凶悪な個体も多い。

その名の通り、足を踏み入れたら最後、生きて出られる保証などない魔境の中の魔境であった。

そんな死の樹海から、帝国を守護するために作られたのが、要塞都市として知られる都市ベガルダである。

帝国が誇る精鋭軍が常に樹海を監視し、万一、魔物が帝国領に近づいてこようものなら、すぐさま強力な部隊が駆けつけ、討伐する。

さらにはベガルダを中心に大陸をほぼ横断する長大な防壁が設けられており、それが魔物の侵入を拒んできた。

しかしそんな都市ベガルダに今、建都以来、最大の危機が迫りつつあった。

「う、嘘だろ……樹海から魔物が近づいてきたことは、過去に幾度もあった……だが、こんな規模は、聞いたこともねぇよ……っ!!」

防壁の上から南方を監視していた兵士の一人が、あまりの事態に声を震わせながら叫ぶ。

彼の視線の先には、大地を埋め尽くすほどの蠢く影。

よく見るとそれらは信じがたい数の魔物の大群だ。

樹海の魔物たちが、ベガルダに向かって押し寄せてきているのである。

その数は、少なくとも一万は超えるだろう。

しかもそれで収まる様子もなく、さらに続々と樹海から湧き出し、増え続けている。

「は、はは……もう、終わりだ……ベガルダは……今日で、滅びる……」

先ほどの兵士が顔を真っ青にしながら呻いた。

◇　◇　◇

「優勝はゴリティアナ氏だぁぁぁぁぁぁぁぁぁぁぁぁっ!!　なんと前回大会に引き続き、頂点にいいいいいいっ！　二連覇を達成しましたああああああああああっ！」

「「「うおおおおおおおおおおおおおおおおっ！」」」

規模を拡大して行われた第二回の武闘会。

その決勝戦を制し、優勝したのは前回覇者のゴリちゃんだった。

「くそ……化け物が……」

惜しくもその決勝で敗れたラウルが、悔しそうに呻く。

「うふふ、アナタ、すっごく強かったわぁん。アタシがここまで追い込まれたのは、何年ぶりかしら。さすが村長ちゃんの弟ちゃんねぇ」

「……次は絶対に負けねぇ」

「あらぁん、うかうかしてたらすぐに追い抜かれちゃいそうねぇ……アタシも鍛え直さなくっちゃ」

あのゴリちゃんを、あと一歩のところまで追い詰めたのだ。優勝はできなかったけど、王国軍の強さは十分に示せたと思う。

優勝したゴリちゃんには、王様から直々に優勝杯と賞金が贈られた。

もちろんこれほど盛り上がった大会で、ケチ臭い金額では王家の名声にかかわるので、一生遊んで暮らしても余裕でお釣りがくるほどの額である。

「うふっ、このお金はもっと多くの人に美を伝えるために使わせていただくわぁ♡」

さらに副賞として、ゴリちゃんには王国軍における客将の地位が与えられることに。

「あらん？　そんな大層なモノ、アタシには相応しくないと思うわぁん？」

はっきり拒否すると角が立ってしまうので、やんわりとお断りしようとするゴリちゃん。

「いや、無論これは、貴殿に何らかの責任や義務を負わすようなものではない。あくまでも名誉的なものだと思ってもらえばよいのだ」

王様がその意図を説明する。

要するに、武闘会で優勝したゴリちゃんの名前だけを借りたいということだろう。

実際にゴリちゃんが王国軍に力を貸したりしなくても、「あのゴリティアナが王国軍の客将をしている」というだけで、軍の権威、ひいてはそれを管理する王家の権威が高まることになるわけだ。

優勝賞品としてそんなものを用意していたなんて……相変わらずしたたかな王様だなぁ。

もちろんラウルが優勝していたら、別のものを与えるつもりだったのだろう。

ゴリちゃんはそれならと客将になることを受け入れ、

「せっかくだから、たま～に、アタシが鍛えに行ってあげようかしらぁ？」

「はっ、そいつは大歓迎だな。最近、慣れてきやがったのか、俺がケツを叩いてもあんまり効かねえんだ。根性を叩きなおしてやってくれ」

……王国兵たちの地獄が決定した瞬間だった。

「悔しいいいいいいいいっ！」

そして武闘会の結果に、一番悔しがったのは恐らくセレンだろう。

前回は決勝まで進んで負け、その相手だったゴリちゃんへのリベンジを誓っていたというのに、今回は準決勝で敗れ、ゴリちゃんと戦うことすらできなかったのだ。

「悔しい悔しい悔しいっ」

「ちょっ、セレン!?」

悔しいを連呼しながら、なぜか僕の服を無理やり脱がし始めるセレン。

「何してるの!?」

「ストレス発散！」

「えええええっ!?」

なんとも理不尽な言い分とともに、僕はひん剝かれて裸にされてしまった。

だけどセレンの暴走はそこで終わらなかった。

「って、その手に持ってるものは、まさか……っ!?」

「ふふふふ……痛くしないから……だから今すぐ、これを身に着けなさいっ！」

「嫌だあああああっ!!」

慌てて逃げ出そうとしたけれど、セレンに飛びつかれてあっさり押し倒されてしまう。

それから僕は成す術もなく、無理やりアレを着せられていく。

「ううう……何でまたこんな姿に……」

「うんうん、やっぱりすごく似合ってるわ！」

嘆く僕を余所に、本当にこれで少しストレスが解消されたのか、満足そうに頷くセレン。

なぜか女装姿にさせられてしまったのだ。

女装ペナルティの地獄があった前回と違い、今回はとても平和的に大会が終わったなと思っていたのに！

「今回は何も悪いことしてないよね!?」

「そうね！　だから言ってるでしょ！　私のストレス発散だって！」

「理不尽にもほどがある!?」

と、そのときだった。

『本体、大変だ』

いきなり影武者から連絡が入った。

『何かあったの？』

『クランゼール帝国の南部で、魔境から魔物が押し寄せてきてるんだ』

どうやらクランゼール帝国にいる影武者らしい。

『帝国南部の魔境？』

『うん。死の樹海って呼ばれてる、めちゃくちゃ広くて危険な魔境があるんだ』

荒野の村の北に広がる魔境の森とは、比較にもならない規模らしい。

僕はマップを開いて確認してみる。

帝国の南部というと、最近のレベルアップによって、ようやくマップで確認できるようになった地域だ。

『ほんとだ。延々と森が続いてる』

『その死の樹海の脅威から国を護るために作られた要塞都市があるんだけど、このままだと陥落させられそうなんだ』

『ちなみに君は今、その要塞都市にいるの？』

『うん』

僕は意識をその影武者に移す。

「っ……これはっ……」

視界に飛び込んできた光景は、予想を遥かに超えた最悪のものだった。

大地に広がる黒い影。

最初はそれが何か分からなかったけれど、よく見るとそれは地面を埋め尽くしてしまうほどの無数の魔物だった。

それが一斉に、都市を護る防壁へと向かってきていて、先頭の魔物に至ってはもう間もなく防壁に到達しようとしている。

防壁の上では兵士たちが集結し、応戦しようとしているけれど、明らかに多勢に無勢だ。

帝国兵側の戦力は、およそ千といったところ。

一つの都市を護る兵士の数としてはかなり多い方だろうけれど……。

「……魔物はたぶん、一万どころじゃない」

一万の魔物となると、たとえそれがすべてゴブリンだったとしても、凄まじい脅威となる。

ましてやあの広大な樹海の魔物である。

荒野の北に広がる森もそうだけれど、魔境の魔物というのは、一般的に非常に狂暴で厄介なのだ。

ついに最初の一体が、防壁のところに辿り着いてしまう。

兵士たちがすぐさま矢を降らせるも、その硬い鱗に弾かれて体内まで刃が届かない。

全長四メートルはあるだろう、頭に三本の角を生やしたトリケラトプスのような魔物だ。

ドオオオオオオオオオオオオオンッ!!

次の瞬間、轟音と共に魔物が防壁に激突した。

「「ぼ、防壁が……っ!?」」

帝国兵たちが戦慄する。

厚さ三メートル以上はあろうかという防壁に、今の魔物の突進によって穴が開いてしまったのだ。

圧倒的な戦力不足にあって、防衛側の頼みの綱は、間違いなくこの防壁だった。

それがたった一体の魔物の突進によって、いきなり穴を開けられてしまったのである。兵士たちは絶望のあまりしばらく呆然自失となって、動くことすらできなかった。

「すぐにそいつを仕留めろおおおおおおおおっ!!」

隊長格らしき兵士が必死に叫ぶと、ハッと我に返った兵たちが次々と矢を放つ。

だけど硬い鱗を持つその魔物に、矢はまったくといっていいほど効いていない。

そうこうしている間に、続々と魔物が防壁に迫ってきた。

このままではあの穴から、都市の中に魔物が雪崩れ込んでしまう。

急な事態だったためか、街中にはまだ、ここから逃げ出そうとしている市民たちの列で渋滞ができている。

もし魔物がそこに押し寄せたら、取り返しがつかないほどの被害が出るだろう。

「勝手に他国のことに手を出すのはよくないけど、そんなこと言ってる場合じゃないよね」

申し訳ないけど事後報告するしかない。

今すぐ影武者を皇帝のところに向かわせるので、正確には事中報告かも。

「まずは施設カスタマイズであの防壁の穴を塞いで……それから施設グレードアップで、防壁の強度を限界まで強化して……」

突然、穴が消失したので、兵士たちが「「「え？」」」と幻でも見たような顔になってしまった。

さらにトリケラトプスのような魔物も、心なしか困惑しているように見える。

ドオオオオオンッ!!

ドオオオオオンッ!!

ドオオオオオンッ!!

混乱から立ち直ったトリケラトプスっぽい魔物が、再び防壁を破壊しようと突進するも、今度はビクともしない。

何度も頭を打ちつけたせいか、ふらふらとよろめいてその場に倒れ込んでしまった。

「一体何が……」

「っ……来るぞっ！」

そこへ殺到する魔物の大群。

丈夫な防壁にはできたけれど、あれだけの数が一気に群がったら、簡単に防壁を乗り越えてしまうだろう。

そこで僕は、防壁のすぐ目の前に深い堀を作り出した。

「「「〜〜〜〜〜〜〜〜〜ッ!?」」」

後から押し寄せてきていることもあって、停止することもできずに魔物が次々とその堀の中へと落ちていく。

「な、何だ、急に!?」

「穴!?　防壁の前に突然、堀ができたぞ!?」

「しかもずっと向こうまで続いている！　何が起こった!?」

兵士たちが狼狽えている。

一方で、魔物の中には堀を飛び越え、防壁にへばりつくものもいた。

例えば蛙や蜥蜴の魔物だ。

中には堀に落ちていく他の魔物を足場にし、防壁に飛びつく魔物もいて、堀と防壁だけでは侵入を防ぐことはできそうにない。

「「「クエエエエエエッ!!」」」

魔物が押し寄せてきていたのは地上だけではなかった。飛行能力を有した魔物が、空から悠々と防壁を越え、都市内に侵入しようとしているのだ。

ボコボコボコボコッ!!

「っ!?　地面から!?」

「地中を潜ってきやがったのか!?」

さらに地面の下から街中に入り込んでくる魔物までいた。

「ええと、どうしたら……まずは空の魔物から……ええい、空に城壁を作っちゃえ!」

迫りくる飛行系の魔物の進路を塞ぐように、空中に城壁を作成する。

「「「クエエエエッ!?」」」

「この城壁を……回転させてみる?」

三次元配置移動を使い、ぐるぐると城壁を回転させた。

近づいてくる魔物を豪快に弾き飛ばし、ひとまず都市への侵入を防いでくれた。

「次は地中から都市に入ってくる魔物だけど……よし、モグラ叩きの要領で頭上から物見塔を落としていこう」

物見塔は縦に長い形状で、重量もある上に、100ポイントで作れるので費用対効果が高いのだ。

グシャ。グシャ。グシャ。

地上に出てきた頭を、どんどん潰していく。

「うわっ、もう堀が魔物でいっぱいになっちゃってる！　もっと深くしないと！　いや、そもそも簡単に飛び越えていく魔物が多すぎ！　深さよりも幅を広げた方がいいかも!?　って、こんなの一人じゃ対処し切れない！　各地にいる影武者！　こっち来て手伝って！」

『『『了解！』』』

影武者を十人ほど呼び出して、手分けして魔物の大群に対処していく。

「ふう、ちょっと手が空いた……じゃあ次は……空から城壁を落として……」

城壁を空に作り出すと、九十度ひっくり返し、広い面を上下にした状態で魔物の溢れかえる地上へと落としていった。

ズドオオオオオンッ!!

ズドオオオオオンッ!!

ズドオオオオオンッ!!

城壁が落ちる度に轟音と地響きが発生し、次々と樹海の魔物が潰れていく。

「な、何が起こっているんだ……」

「この魔物の大群に加えて、空から落ちてくる巨大な壁……何かの天変地異か……？」

「だが明らかに魔物を狙って落ちている……先ほどの現象といい、もしや神々が我らに力を貸してくれているのか……」

神々の御業と勘違いしている帝国兵たち。

ええと、すいません、僕がやってます……。

「「グルアアアアッ!!」」

「って、城壁プレスを喰らったのに、まだ生きてる魔物がいるんだけど!?」

信じがたいことに、城壁の下から這い出してくる魔物がいた。

しかも決して少なくない数である。

「これが樹海の魔物……普通に襲われたら一溜りもないよね……」

その強さに戦慄していると、

「「うわあああああっ!?」」

防壁の方から大きな悲鳴。

視線を向けると、巨大な蜘蛛の魔物が防壁に取りついていた。

あちこちに糸を吐き出し、兵士たち数人がそれに拘束されて身動きが取れなくなっている。

他の兵士たちがどうにか仲間を救出しようと試みるが、一人また一人と、糸を浴びて二の舞と化していた。

さらに別の場所では、全身から雷を放つ虎の魔物によって、兵士が次々と感電させられている。

他にも、宙を舞いながら強力な魔法を撃ちまくる真っ赤な身体のゴブリンや、周囲の景色に擬態することで姿を眩ますことができるカメレオンのようなリザードマンなど、凶悪な性質を持った魔物に、兵士たちが大いに苦戦していた。

「連れてきたよ！」

「っ！　助かる！」

そこへ影武者が集団を引き連れ、瞬間移動で現れる。

連れてきてくれたのは、セレンやゴリちゃん、ラウル、それに武闘会の本戦で活躍した面々だった。

「よく分からないまま連れてこられたけど、なかなか大変な状況みたいね！」

「ああんっ、早く助けなくちゃいけないわぁん！」

「……他国の軍人の俺が手を貸すと色々と面倒なんだが、そんなこと言ってる場合じゃなさそうだな」

一瞬で事態を察した彼らは、すぐさま帝国兵たちの加勢に入ってくれた。

うん、本当に頼もしい。

「な、何だ!?　加勢!?　一体どこから!?」

「しかも明らかに帝国兵ではないぞ!?　どういうことだ!?」

突然の救援に驚き戸惑う帝国兵たち。

だが今は余計なことを考えている暇などないと理解し、ひとまず援軍を受け入れることにしたようで、

「よく分からないが、力を貸してくれるならありがたい！」

「というか、めちゃくちゃ強くないかっ!?」

さらに影武者は、本戦には出られなかったけれど、二次予選まで進んだ猛者たちもどんどん連れてきてくれた。

「これほどの戦士たちが、どこからともなく湧いて出てくる……」

「やはり神の御業……」

防壁の上や都市の中まで侵入し、帝国兵が大いに苦戦させられていた魔物を、あっという間に討伐していく。

ちょうど武闘会の直後で、力のある戦士たちが集結していたのは不幸中の幸いだったかもしれない。

中には武闘会で戦ったライバル同士で、共闘する者たちもいた。

「ここで大きな戦功をあげて、サムライの力を見せつけるでござるっ！　……って、背後からっ!?」

「はっ！」

「マリン殿!?　た、助かったでござる……」

「お気をつけください、アカネ様。ここに集うのは魔境の凶悪な魔物。あらぬ方向から攻撃を仕掛けてくることもあります。できる限り徒党を組んで、対応するのが適切かと」

「う、うむ……」

本戦一回戦で激突したアカネさんとマリンさんだ。

「チェリュウ殿、私が弓で援護しよう。周囲を気にせずガンガン行ってくれ」

「はっ、ならその言葉に甘えるとするぜっ！　オラオラオラアアアアアアアッ！」

こちらはフィリアさんとチェリュウさん。

「アレク殿！　あの巨大蜘蛛、どう対応すればよい!?」

「ちっ、マザータラントかっ！　やつの糸は強靱な上に耐火性もあってめちゃくちゃ厄介だ！　糸を作り出す器官を真っ先にぶっ壊すしかない！　あのケツの辺りだ！」

「おいらに任せるべ！　一撃で粉砕してやるだ！」

さらにマリベル女王とアレクさん、それにドワーフのバンバさんも、協力して強敵に挑んでくれている。

実際に戦って相手の強さを理解しているからこそ、即席のパーティなのに信頼ができるのだろう。

「チョレギュ殿！　ぜひ拙僧と力を合わせて――」

「邪魔だ、消えな！　くそ雑魚ハゲ！」

……ガイさんはアマゾネスのチョレギュさんにあっさり拒絶されてるけど。

武闘会出場者たちのお陰で凶悪な魔物が瞬く間に殲滅されていく中、とりわけ群を抜いて活躍していたのが、やはりセレン、ゴリちゃん、ラウルの三人だ。

「はあああああああああっ!!」

防壁の上を疾走しながら、次々と魔物を斬りつけていくセレン。

斬られた魔物は、その傷口部分から瞬く間に凍りついていて、氷像と化していく。

「な、何なんだ、あの女の子は……」

「剣と魔法、まさかその両方を極めているというのか……？」

「あっちのピンク色のマッチョも凄いぞ!?」

「拳一発で魔物が吹き飛ばされていく……っ！」

一方ゴリちゃんはその人知を超えた怪力で、自分より何倍も大きな魔物すら一撃で粉砕していた。

その信じがたいパワーに、帝国兵たちが唖然としてしまうほどだ。

「うふぅん、あの決勝の興奮がまだ冷めなくて、ついつい余計な力が入っちゃうわぁん♡」

「はっ！　来年こそボコボコにして、恐怖でしばらく寝れなくしてやるよっ！」

そんなゴリちゃんに負けじと、ラウルが魔物を斬り捨てていく。

「あの男もとんでもねぇぞ!?」

「樹海の魔物を瞬殺していくなんて……」

だがそのとき、空で回転していた城壁がいきなり吹き飛ばされた。

ドオオオオオオン!!

信じられないことに一体の巨大な鳥の魔物が、城壁を無理やり突破してきたのだ。

そのまま都市の上空まで侵入してくる。

いや、よく見ると鳥じゃない。

獅子と山羊の頭に、大蛇の尾、背中にはドラゴンのような巨大な翼が生えている。

「キマイラ!?」

「くっ、都市の中にっ……」

街の中心部まで飛んでいく異形の魔物キマイラ。

地上にはまだ避難途中の市民がたくさんいて、このままでは多大な被害が出かねない。

けれどそんなキマイラに、空から迫る巨大な影があった。

「あれはっ……機竜!?」

「ここはおらに任せるだ!」

帝国から押収し、村で預かっているドラゴン型の古代兵器、機竜だ。操縦者であるドワーフの青年、ドルドラさんの声がスピーカーを通じて響いてくる。

「「「～～～～～～～ッ!?」」」

機竜が放ったレーザー光線が、キマイラの翼を深々と切り裂く。

いきなり飛行能力を喪失したキマイラは、そのまま地上へと落下。

ちょっ、地上には人がたくさんいるんだけどっ!?

「あ、やってしまっただ……」

ドルドラさんの後悔の声が聞こえてくる中、僕は慌てて公園を空中に作り出す。

キマイラはそこに墜落した。

「ふう、危ないところだった」

「村長、助かっただ！」

機竜もまた公園の上に着陸すると、墜落の衝撃で目を回しているキマイラに、容赦なく攻撃を見舞っていく。

「あっちはどうにかなりそうだね。それに魔物もかなり減ってきた」

防壁の外に広がる大地を覆い尽くすほどだった魔物の大群も、すでに三分の一、いや、それ以下になっている。

樹海から新たに湧き出してくる魔物も、ようやく少なくなってきていた。

生き残っている魔物には心なしか当初の勢いがなくなり、怯んでいるように見える。

このままいけば、どうにか都市を護ることができそうだ。

そう思った直後のことである。

「ウオオオオオオオオオオオオオオオオオオオオオオオオオオオオオオオオオッ!!」

いきなり轟いた落雷のごとき咆哮。

ビリビリと大気が震え、そのあまりの圧力に思わず身体が委縮してしまう。

「な、なに、今の……？　って、あれは!?」

よろめきながらも視線を向けた先。


樹、樹海が動い、い、ていた。


一体何が起こっているのか理解できない。

でも確かに、樹海を構成する木々が、こちらに近づいてきているのである。

「いや、違う……木々も動いてるけど……たぶん、地面そのものが動いてるんだ……地面……っていうか……何だ、あれは……？」

「ウオオオオオオオオオッ!!」

「っ!?」

再び咆哮。

まだかなりの距離があるため、はっきりとは分からないけど……あの動いている地面から聞こえてきた気がする。

「村長ちゃん！　あれは樹海が動いてるんじゃないわぁっ！　巨大な魔物の背中に、樹海の一部が乗っかってるのよぉっ！」

「え、あれが魔物っ⁉」

やがてそれが樹海から姿を現す。

背中に樹海の木々を乗せた巨大な岩の塊は、よく見るとドラゴンの形状をしていて――

「まさか、ロックドラゴンっ⁉」

第九章　ロックドラゴン

咆哮の主が樹海から姿を現す。

まず、それはあまりにも巨大だった。

砂漠で封印から復活したあのビヒモスに匹敵、いや、それ以上だ。

その身体は岩で構成されており、長い年月をかけて堆積した土と、そこから生えてきた大量の木々を背中に乗せている。

「まさか、ロックドラゴンっ!?」

セリウスくんがあの耐久レースのとき、魔境の森の深部で遭遇したのもロックドラゴンだ。

だけどあれとは大きさの桁が違う。

「ぼ、ぼくを襲ってきたロックドラゴンは、せいぜい全長十メートルくらいっ……それでも攻撃が全然できなくて、逃げるしかなかったっていうのにっ……あれはどう見ても五、六百メートルはある……っ!」

その恐ろしさを知るセリウスくんが、戦慄の顔で叫んだ。

背中に乗せた土の量を考えても、きっと信じられないくらい長い年月を生きた古竜に違いない。

それが地響きと共に、真っ直ぐこの都市に向かって突き進んでくるのだ。

「だけど、あれほどのドラゴンがどうして樹海から出てきたのかしら……？　そもそもロックドラゴンはあまり動き回ったりしないはずよ？」

セレンの疑問ももっともだった。ロックドラゴンは自分の縄張りに敵が侵入してこない限り、岩のようにじっとしている魔物なのだ。

堆積した土や生えた木々を考えても、あちこち動くような性質ではないことは明らかである。

「そもそもこの魔物の大群自体が異常事態なんだろうけど……」

そうこうしている間に、ロックドラゴンは驚くような速度でこちらに迫ってくる。

「城壁！　一番硬いやつ！」

その行く手を妨害するように、僕は城壁を作り出した。

ドオオオオオオンッ!!

「ええええええっ!?　あっさり破壊されちゃった!?」

施設グレードアップで、頑丈さを最大にした城壁だったのに、まったく足止めにすらならなかったのだ。

「じゃあ……空から城壁を落とす！」

城壁を次々と空から降らしてロックドラゴンの背中にぶつけていく。

だけど土の上に積み上がっていくだけで、これも何の足止めにもならない。

「それなら……ビヒモスを倒したときのように、身体の中から攻撃してやれば……っ！」

ロックドラゴンの体内に瞬間移動。

ビヒモスのときのように完全な暗闇の中に出たけれど、身体の中まで岩でできているためか、まったくにおいがしない。

僕はそこで次々と施設を作り出していった。

「全然効いてないんだけど⁉」

だけど身体まで硬い岩で構成されたロックドラゴンに、この攻撃も通じないらしい。

仕方なく外に戻ると、機竜が空から攻撃してどうにか足止めしようと頑張っていた。

しかし機竜の強力なレーザー光線をもってしても、岩の表面に少しの傷をつける程度でしかない。

「オアアアアッ!!」

と、そのときロックドラゴンの巨大な背中の各所で凄まじい爆発が起こった。

周囲に木や土を散乱させながら空高く跳ね上がったのは、直径二、三メートルはあろうかという巨岩の数々。

「〜〜〜〜〜〜っ⁉」

その一つをまともに喰らって、機竜の翼が片方、大きく曲がってしまった。飛行のコントロールが利かなくなった機竜は、ふらふらと退散していく。

さらに何十個という巨岩は大きく弧を描きながら宙を舞うと、やがて隕石のごとく僕たちの頭上へと降り注いできた。

ドドドドドドドドドドドドッ!!

「「「うわああああああああああああああっ!!」」」

猛烈な振動と轟音、そして人々の悲鳴が耳をつんざく。

巨岩の大部分は防壁を直撃し、易々と粉砕。さらに一部は都市内に墜落して、建物や道路を破壊していた。

その様子に愕然としている間にも、ロックドラゴンは近づいてくる。

「まずい……今の岩の雨だけでこの被害……もし本体がこのまま都市に突っ込んできたら……」

当然ながら防壁などまったく意味をなさず、あの巨体によって都市はめちゃくちゃに蹂躙されてしまうだろう。

まだ市民の避難だって済んでいない。

「っ……待てよ？　ロックドラゴンを止められないなら……」

そこで僕はあることを思いついた。

「もう終わりだ……」

「ここまでどうにか耐えてきたが、もはやこれまでか……さすがにあんな化け物はどうしようもない……」

「逃げる余裕もない……ああ、俺、この辺境での配属期間が終わったら、結婚するはずだったんだ……」

もはやすぐ目の前まで来ているロックドラゴンを前に、絶望の表情で呻く帝国兵たち。

すでに戦意を失い、その場に蹲ってしまう人もいる。

ズズズズズズズズズズ……。

「ん？　何だ？　なんか、地面が下がってきてないか？」

「言われてみれば……というか、地面が下がってるんじゃなくて、こっちが上がってるような……？　……は、ははは……どうやら俺たち、恐怖で幻覚が見えちまったらしいな」

「何だ、幻覚か……それはそうだ。都市が浮かび上がるとか、あり得ない……はず……」


「「いや本当に都市が空に浮いてってるうううううううううううううううっ⁉」」


ロックドラゴンをどうにかできないなら、都市の方を動かせばいい。

そう考えた僕は、都市を丸ごと三次元配置移動で空に浮かせることにしたのだ。

「以前、村ごと移動させたこともあったしね」

都市に向かって突っ込んできていたロックドラゴンは、突然その目標物が空に逃げていったため、思わず足を止めた。

何となくぽかんとした顔で、こちらを見上げている。

「相変わらず出鱈目すぎだろ……」

「武闘会でのアタシたちの戦いが、とってもちっぽけなものに思えてしまうわぁん」

「違いねぇ」

なぜか遠い目をして頷き合っているラウルとゴリちゃん。

「とはいえ、あくまでも一時凌ぎでしかないよ。この都市が帝国を護る防波堤だったわけで、このままじゃ何の解決にもなってない」

要塞都市を無視して北上し、他の都市に向かわれては何の意味もないのだ。

ただ、ひとまず時間を稼げたのは大きい。

「うーん、どうすれば……」

「つーか、こんな都市ごと持ち上げるなんて真似ができるんならよ、あのロックドラゴンごと持ち上げちまえばいいんじゃねぇのか？」

「っ、それだ！　さすがラウル！　賢い！」

ラウルの提案に、僕はハッとさせられた。

即座に僕は、ロックドラゴンがすっぽり乗れる大きさの公園を、その足元に作り出す。

それを三次元配置移動で持ち上げると……。

「「「ロックドラゴンが浮いたああああああああああっ!?」」」

帝国兵たちが驚愕の声を響かせる中、僕はどんどん公園の高度を上げつつ、ロックドラゴンを都市から遠ざけていく。

「〜〜〜ッ!?　〜〜〜ッ!?　〜〜〜ッ!?」

翼を持たないロックドラゴンは、生まれて初めて空を舞ったことに戸惑っている。

「どこに捨ててきたらいいんだろ?」

「やっぱ海じゃねぇか?」

「なるほど。そうしよう」

公園に乗せたロックドラゴンを、海に向かって運んでいく。

村の範囲の問題で、南方向にはあまり移動できないため東の方角だ。

途中、巨大な山脈を横断しつつ、運び続けること数時間。

ようやく海が見えてきた。

「でも、できるだけ深いところじゃないと」

陸に上がって来られては困るため、かなり遠洋まで出た方がいいだろう。

もしかしたら海中でも生きていける可能性もあるし。

マップ機能で海の深い場所を探っていると、陸地から三百キロほど進んだところあたりで、急激に深くなっていることが分かった。

長細い溝のようになっているので、海溝というやつだろうか。

さらに数時間かけてそこまで到達したところで、公園を傾けていった。

「オオオオオオオオオオオオオオオオッ!?」

海に落とされることを理解したかどうかは分からないけれど、慌てたように咆哮を轟かせるロックドラゴン。

どんどん傾いていく公園に必死にしがみ付いていたものの、やがて耐えられなくなって勢いよくズリ落ちていく。

「〜〜〜〜〜〜〜〜〜〜〜〜〜〜〜ッ!?」

バシャアアアアアアアアアアアアアアアアアンッ!!

盛大な水飛沫を巻き上げながら、巨大な身体が海に落下。

もちろんその大重量で泳ぐことなどできるはずもなく、ロックドラゴンは深海へと沈んでいったのだった。

そんな感じでロックドラゴンを排除しつつ、空に飛ばしていた都市を地上へと降ろした。

ただし単に地上に戻しただけじゃない。

まだそれなりに残っていた樹海の魔物の上に、都市を降ろしてやったのだ。

ロックドラゴンがいなくなった今、当然ながらこの超重量のプレス攻撃に耐えられる魔物などいるはずもない。

「「「～～～～ッ!!」」」

さすがに一回ですべての魔物を潰すことはできなかったけれど、運よくプレス攻撃を逃れた一部の魔物たちは一目散に樹海へと逃げ帰っていった。

「よく考えたら最初からこれをすればよかったね」

そうすれば、空を飛んでいる魔物以外はまとめて殲滅することができただろう。

「……その場合、私たちは必要なかったかもしれないわね」

「姉上、それは言わない方が……」

そうしてあれだけいた魔物が綺麗さっぱりいなくなり、要塞都市に平和が戻ったのだった。

◇◇◇

要塞都市ベガルダを治める辺境伯ヴィクベルは、長年にわたってこの地を守護する辺境軍のトップを務め、自ら前線にも立つ屈強な男だった。

若い頃には危険な樹海の探索に挑んだ経験もあり、その勇猛さは帝国中に知れ渡るほど。

しかし同時に、樹海の恐ろしさを身をもって知るがゆえに、辺境軍の強化や都市防壁の大改修など、臆病すぎるほどの対策を取ってきた。

そんな彼であっても、今回の事件は予想を遥かに超えたものだった。

「馬鹿な……これほどの数の樹海の魔物が一斉に押し寄せてくるなど……しかも深部の魔物までいるだと……？」

大地を埋め尽くす無数の魔物に、ヴィクベルは身体の震えが止まらなかった。

辺境軍が討伐することになる樹海の魔物の多くは、樹海での縄張りを失うなど、主に生存競争に負けた魔物だ。

それでも十分過ぎるほど凶悪なのだが、当然ながら樹海の奥深くにいる魔物は、それとは比較にもならない強さを持つ。

かつて実際に樹海の奥地にまで足を踏み入れ、地獄を見た彼だからこそ、その凶悪さを痛いほど理解していた。

それでも彼は、この地を守護する領主として、辺境軍のリーダーとして、また一人の武人として、懸命に身体の震えを抑え込み、共に戦う兵たちに訴えた。

「我が命と引き換えにしてでも、一匹でも多くの魔物を殲滅してみせようっ!!　栄光なる帝国の盾、要塞都市ベガルダの使命を果たすのだっ!!」

そして部下たちの制止を振り切って最前線の防壁へと向かうと、中央にある防衛塔で指揮を取ることに。

樹海の方角をよく見渡すことができる反面、魔物に襲撃される危険性も高い場所だ。

「ほ、報告です！　魔物の突進により、防壁に穴を開けられてしまいました……っ！」

「くっ……あれほど強固にしたというのに、容易く壊されるとは……」

いきなり飛び込んできた最悪の報告に、顔を顰めるヴィクベル。

「報告です！」

「今度は何だ？」

「防壁に開けられた穴がっ……勝手に塞がりましたっ！」

「……は？」

それから奇妙な報告が次々と上がってきた。

「防壁の前に深い堀が出現し、魔物が続々とそこに落下していきますっ！」

「そ、空飛ぶ壁が現れ、飛行系の魔物の侵入を防いでくれていますす……っ！」

「防壁の内側に、地中から侵入してきたと思われる魔物がっ！　ただ、空から謎の塔が降ってきて、ピンポイントで魔物だけ潰してくれていますっ！」

「どこからともなく戦士たちが現れて、次々と魔物を倒してくれています……っ！」

「巨大なキマイラに侵入されましたっ！　ですが、金属でできたようなドラゴンが、そのキマイラと戦ってくれていますっ！」

ただの報告だけだったなら、兵たちが魔物の特殊能力によって幻覚を見せられていると思ったかもしれない。

実際、樹海にはそういう魔物の存在が確認されている。

だがヴィクベルがいるのは防壁に設けられた防衛塔の一つ。

細長く伸びる戦場のすべてを見渡すことはできないが、それでも堀や空飛ぶ壁などは、自らの目でもしっかりと確認することができた。

「一体、何が起こっているのだ……？」

しかしそんな混乱すら、一瞬で吹き飛ぶような事態に直面することになる。

「ほ、報告です……っ！　樹海の方から、恐ろしく巨大なロックドラゴンが迫ってきています……っ！」

「なっ!?」

防衛塔の窓から樹海の方を見ると、確かに信じがたいほど巨大な岩が地響きと共にこちらに向かってきているのが見えた。

これほど恐ろしい光景を、未だかつて目にしたことがあるだろうか。

「お、終わりだ……」

歴戦の勇士であるはずのヴィクベルだが、絶望のあまり呆然とその場に立ち尽くすしかなかった。

だがまさか、その絶望が僅か数分しか続かないとは思いもよらなかっただろう。

「……ん？　ちょ、ちょっと待て……なんか急に、地面が遠くなってきていないか……？」

目をごしごししてから見直すが、やはりそんなふうに見えてしまう。恐怖でおかしくなってしま

ったのかと思っていると、

「と、都市がっ！　都市が丸ごと空に浮かび上がっています……っ！　さらにロックドラゴンも空に浮かんでっ……どこかに飛んで行ってしまいました……っ！」

「もう意味が分からん!?　一体何が起こっているのだああああああっ!?」

頭を抱えて絶叫するヴィクベルだった。

その後、ヴィクベルはあの様々な異常現象が、一人の少年の手によって引き起こされていたことを知った。

しかもどうやら、帝国の暴走が止まるきっかけとなった空飛ぶ要塞も、その少年によるものだったという。

「あの荒唐無稽な報告……てっきり集団で幻覚でも見ていたのだと思っていたが……本当だったのか……」

そして彼の手元には今、とある本があった。

件の少年が作った村の出身で、現在は冒険者をしているという五人組から渡されたものだ。

「『ルーク様伝説』……あの光景を目の当たりにした以上、もはやここに書かれた内容を疑う余地などない。あれほどの力、どう考えても神そのものとしか考えられぬ」

こうしてここにまた一人、熱心な信者が誕生したのだった。

◇　◇　◇

樹海の魔物の大群から要塞都市を救い、帝国の被害を未然に防いだことで、新皇帝アゼルダン＝クランゼールから大いに喜ばれた。

「一度ならず、二度も我が帝国を救ってもらうとは。貴殿には感謝しかない」

「いえ、何の報告もなく勝手に介入してしまってすいません」

「そんなことは民の被害と天秤にかけて、あまりにも些末なことだ。気にすることはない（それにしても、余に報告が来る前に情報を得て、しかもベガルダまで瞬時に加勢に向かうとは……各国が挙ってこの少年との良好な関係を築こうとするのが理解できる……絶対に敵に回してはならぬ存在だ）」

大臣に操られ、暴走していた先代皇帝スルダンと違って、新皇帝は非常に有能だった。

まだ二十歳くらいの青年なのに、被害国への誠意ある対応によって他国からの信頼を取り戻しつつ、さらに政治的な腐敗が続いていた帝国の再建にも尽力しているという。

「それにしても、どうして突然、樹海からあれだけの魔物が溢れ出してきたんでしょうか？」

「うむ、専門家は、貴殿が退けてくれたロックドラゴンに追い立てられ、スタンピードが発生したのではないかと言っておるが……ではなぜ、ロックドラゴンがあのような行動に出たのかについては、まったく見当もつかぬという」

「そうですよね……」

あのロックドラゴンを詳しく調べれば、もしかしたら何か原因が分かったかもしれないけれど、残念ながらもう海の底に捨ててきてしまった。

まぁ、そもそも暴れ回る巨大なロックドラゴンを調べること自体、不可能だっただろう。

結局、原因は分からずじまいだ。

「恐らく死の樹海には、あのロックドラゴンに匹敵するような魔物が他にもいるはずだ」

「あんなのが他にも……」

「また今回のようなことが起こるかもしれぬ」

そう考えると、帝国って物凄く危険なところにあるんだね……。

機竜や巨人兵のような古代兵器を発掘し、運用していたのも、本来はこうした事態に備える目的があったのだろう。

「そこでだ、ルーク殿。我が国にこれほどまでに貢献してもらっていながら、非常に厚かましいお願いかもしれぬが……ぜひ我が国の民たちも貴殿のギフトに登録してもらいたい」

「え？」

「聞けば、他国ではすでにそうしているというではないか」

「いや、それはなんていうか、成り行きというか……」

「そして万一、今回のような事態がまた発生したときは、力を貸してくれぬだろうか？」

切実そうな顔で訴えてくる帝国皇帝。

「も、もちろん、力を貸すのは構いませんけど……その、なんていうか、帝国って、物凄い人口がいますよね……？」

「五百万は超えているはずだ」

「五百万!?」

多い！　多いよ！

すでに村人の登録数は一千万を超えていて、もはや今さらかもしれないけど、増え過ぎで怖くなってきてるんだけど!?

最近はもう村ポイントも余りまくっているし、村人を増やす意味もなくなりつつある。

なのであえて村人として登録しなくても、皇帝の期待には応えられるはず――

〈アゼルダンを代表とする５８９４１８７人が村人になりました〉

「って、まだ許可してないのに勝手に!?　しかも五百万どころか、ほぼ六百万人じゃん!?」

エピローグ

帝国領とは、死の樹海を挟んだ反対側。

そこに広がるのは、激しい海流の影響で、一年を通して非常に荒々しく危険な海だった。

凶悪な波によって抉られた結果、海岸線には延々と険しい崖が続いている。

さらにこの一帯は樹海から近いこともあって、人の営みは一切なかった。

そんな、普段は人っ子一人いないはずの海岸に、五つの人影が存在していた。

「ほほほ、どうやら我々の予想は当たってしまったようですねぇ」

「できれば外れてほしかったがな」

「……放っておくと……人類が……滅びかねない……」

遠く海の向こうを睨みながら、人影たちはそんな言葉を交わす。

荒れ狂う海の先には、よく見ると微かに陸地らしきものが見えていた。

「どうされますか？」

人影の一人が指示を仰ぐように問うと、全員の視線が一人の男へと集中する。

男は不敵に笑った。

「かつて四人の英雄たちによって滅ぼされたという、魔王が再臨した、か。……くくっ、面白い。ならば今度は俺がその魔王とやらを倒し、新たな英雄になってみせようではないか。お前たち、私に力を貸せ」

恐れを知らないその宣言。

しかし他の四人はそれを荒唐無稽と笑うでもなく、

「「はっ、エデル様。仰せのままに」」

力強い忠誠を示すのだった。

おまけ短編　セリウスの悩み

「一体どうすればいいんだ……」

セリウスは頭を悩ませていた。

先日開催された魔境の森縦断耐久レース。大勢の猛者たちが出場する中、見事に優勝を果たしたセリウスは、以前から秘かに（？）思いを寄せていたフィリアと晴れて結婚することができた。

村長の計らいで、これから彼女と同じ部屋に住むことにもなり、まさに幸せの絶頂と言える状況だろう。

だが生憎とセリウスは、女性に対する耐性が皆無。

裸どころか、少し露出の高い姿を見ただけで、鼻血を噴出させて気を失ってしまうほどなのだ。

フィリアは早く子供が欲しいと考えているのだが、今のままでは彼女の期待に応えることなどできはしない。

「困っているようだな、少年」

「っ……あなたは……」

そんなセリウスに声をかけてきたのは、冒険者として活躍している東方出身の僧兵、ガイだった。

「拙僧に話してみよ。衆生の悩乱を祓うのも、仏に仕える者の勤めである」

「実は……」

仏僧らしく穏やかな口調で訊ねてくるガイに、セリウスは思わず胸の内を打ち明けた。

「(あの巨乳のエルフ美女と同衾できるとか、羨まし過ぎるぞおおおおおっ!!　そなたが無理なら、拙僧が代わってしんぜようではないかっ!!)」

「だ、大丈夫ですか……？　なんか急に顔が真っ赤に……」

ガイはごほんと一つ咳払いをして、

「し、失敬。少し己の内なる敵と戦っておった」

「？」

「すなわち女子《おなご》に慣れたいと。それくらい容易いことである」

「本当ですかっ？」

「うむ。拙僧に任せよ」

自信満々に頷くガイ。やはり聖職者だけあって普段から人々の様々な悩みを聞き、解決に導いてきたのだろうと、セリウスは頼もしさを感じた。

一体どのような素晴らしい説法を聞かせてくれるのかと思っていると、

「ここである」

「へ？」

連れてこられたのは、村の歓楽区にある公認娼館だった。

「女体に慣れる方法は簡単！　とにかく抱いて抱いて抱きまくるのだ！」

興奮した様子で、とても僧侶とは思えない解決法を提示するエロ坊主。

「さあ、少年よ、好きな娘を選ぶがよい！　相手は経験豊富であるゆえ、そなたをリードしてくれるだろう！」

「いや説法とかじゃないの!?」

「説法などより、実践あるのみ」

そうしてセリウスの前に、美しく着飾った娼婦たちがずらりと並んでいく。

「あら、可愛いお客様♡」

「うふふ、手取り足取り教えてあげるわ」

「ああん、お姉さん、想像しただけで興奮してきちゃったぁ」

妖艶な笑みを浮かべ、一斉に蠱惑的な視線を送ってくる。

「無論、一人とは言わず、二人三人選んでも構わぬぞ！」

「でで、できるわけないだろおおおおおおおおおおおっ!!」

セリウスは思い切り絶叫し、娼館から全速力で逃げ出していた。

そのまま歓楽区からも飛び出したセリウスは、息を荒くしながらようやく立ち止まった。

「はぁはぁ……あんな変態坊主に頼ろうとしたぼくが間違いだった！」

そもそもセリウスは新婚なのだ。相手が娼婦とはいえ、新婦を差し置いて他の女性と関係を持つなど許されることではないだろう。

「こんなことなら結婚する前に行っておけば……いや、どのみちファーストステップとしてハードルが高すぎるっ！　いきなりは無理だっ！　それを越えられるんだったら最初から苦労なんてしていない！」

ブンブンと頭を振って、ガイの示した解決法を全否定するセリウス。

と、そこへ。

「はっはっは、少年、どうやら俺のアドバイスが必要なようだな！」

背後から聞こえてきた威勢のいい声にセリウスが振り返ると、そこにいたのは三十代半ばぐらいの中年太りしたよく知らない男だった。

「……誰？」

「おい!?　俺のことを知らねぇのかよ!?　マンタだよ、マンタ！　マオ村の元村長マックの息子！人呼んで〝歩く迷惑図鑑〟のマンタだ！」

そんなことよく堂々と自分から宣言できるな、とセリウスは思った。

どうやらロクでもない人間らしい。

「うーん、名前だけは聞いたことあるようなないような……」

「おいおい、この間のレースにも出場してたし、その前の選挙にだって立候補してたんだぜ！　どちらも大活躍だったのを知らねぇのか？」

実際にはレースでは途中でズルをして失格になり、選挙でも不正を計り、悪い意味で話題になっただけである。

「……まぁいい。実はあの東方の坊主と話してるところを聞いちまってよ！　ぜひお前さんの力になってやりたくて声をかけたんだ！」

「結構です」

「なんでだよ!?　めちゃくちゃいいアドバイスなんだぜ!?　せめて話だけでも聞いていけって！」

どう考えても期待できないため即答で断ったセリウスだが、マンタはやたらと押しつけがましく訴えてくる。何か裏があるのかと勘繰りたくなるところだが、

「(弟に親切にしてやれば、あの美人姉とワンチャンあるかもしれねぇぜ！)」

裏というほどの裏でもない、実に彼らしい理由だった。

「いいアドバイス、ですか」

「おうよ！　経験豊富なこの俺にかかれば、お前さんの悩みなんて一瞬で解決間違いなしだ！」

なお、本当は彼女いない歴＝年齢のマンタである。

「はあ……じゃあ一応、話だけは聞かせてください」

あまりにもしつこく訴えてくるので、セリウスがしぶしぶ応じると、なぜか村のとある場所へと

連れてこられた。

「ここって……」

「公衆浴場だ！」

「何でこんなところに？　なんか嫌な予感が……って、何だ、その恰好は!?」

マンタの姿に、セリウスは頭を抱えたくなった。

というのも、いつの間にか女性の服を身に着けていたからだ。

ただ、サイズが合っていないようで、醜いお腹の贅肉がはみ出してしまっている。

化粧までしていた。しかもかなりの厚化粧だ。

「お前さんもこいつに着替えな！」

そう言って、女性ものの衣服を渡そうとしてくるマンタ。

「まさか女装して女湯に入るつもりじゃないだろうな!?」

セリウスはもはや敬語も忘れて叫ぶ。

「そのまさかだ！　これで女の裸が見放題だぜ！　そうして見慣れちまえば、お前さんの悩みなんて克服できるはず！」

「そんなことできるわけないだろう！　しかもその見た目！　どこからどう見ても女性には見えない！」

「なっ!?　いやいや、完璧な女装だろう!?」

「どこがだよ！　せめてもう少し近づける努力をしろ！　ついでに言うと、浴場なんて服を脱ぐし、お湯や汗で化粧なんてすぐ落ちるんだから、女装なんてしてもまったく意味がないだろう！」

「はっ!?　言われてみれば……」

こいつどうしようもないアホだなと思うセリウスだった。

さすがは歩く迷惑図鑑である。

セリウスは近くにいた衛兵を呼んだ。

「衛兵さん。この人、この恰好で女湯に侵入しようとしてますよ」

「なに？　確かに怪しいやつ！　おい、こっちにこい！」

「ノオオオオオオオオオオオオオオッ!?」

女装姿のまま衛兵に連行されていくマンタを見送っていると、

「……苦戦……しているようだな……」

不意に特徴的なぼそぼそ声で話しかけられる。

「っ……あなたは……」

耐久レースで最後まで優勝を争った相手、ディルだった。普段はまったく交流などないものの、色々と因縁のある相手であり、年齢こそ離れているが、ライバルと言ってもいい存在かもしれない。

「ガイから……話は聞いた……」

「何でそんなに簡単に話してしまうんだろう……信用したぼくが馬鹿だった」

「ま、まぁ、待て……さすがのあいつも、責任を感じたのだろう……どうしてもと、俺に頼み込んできたのだ……」

そしてどうやら今度はディルがアドバイスをくれるつもりらしい。

「今までの二人よりはまともそうですけど……」

「そうだな……さすがにそれは保証する……」

セリウスが半信半疑でディルについていくと、そこは村の公共プールだった。

流れるプールやウォータースライダーなどもあり、村人たちから非常に人気の施設である。

すでに季節は秋で肌寒くなりつつあるのだが、以前と違って室内化しており、しかも気温に応じてプールの水を温水にできるため、一年中、遊ぶことが可能になっていた。

一体こんなところで何をするのかと思っていると、ディルは真剣な顔でプールサイドに設置されているベンチに腰掛けて、

「ここには……水着の女性が……たくさんいる……それを、見て、見て、見て、見まくるのだっ……」

近くを通り過ぎる水着女性を、懸命に目で追いかけていくディル。

実はこう見えて彼は極度のむっつりスケベなのである。

「少しでも期待したぼくが馬鹿だった……っ！」

セリウスは頭を抱えた。マンタのやろうとしていたことと違って犯罪ではないが、迷惑行為その

ものだ。

「何を言っている……自ら好んで……あんな姿を晒しているのだ……それをどれだけじっくり見ていようと、問題などあるだろうか？　いや、ない……っ！」

ディルは力説する。

「女体に慣れるのに……これほど、最適な場所はない……ちなみにコツは……絶対に目を合わせないことだ……相手に気づかれてはならない……嫌そうな目を向けられるからな……」

やはり迷惑行為のようである。

「そして、気配を消すのだ……狩人としての……訓練にもなる……まさに、一石二鳥……なに、心配は要らぬ……確かに俺のような……おっさんに見られて……不快を感じる女は多いだろうが……セリウス、お前はまだ若い……仮にバレたとしても……きっと許してくれる……くっ、羨ましい……」

「そういう問題ですかね……？」

「むっ、あそこに素晴らしい身体の美女がっ……セリウス、お前も見るのだ……っ！」

言われて視線を向けると、確かにそこには見事なプロポーションの美女が。しかもかなり布面積の少ない水着で、乳房や臀部がこぼれかかっている。

「～～っ!?」

予想以上の露出度に、思わず顔を背けそうになるセリウス。

だがそれをディルが許さなかった。セリウスの頭を掴み、無理やり固定させたのだ。

「逃げるな……克服したいのなら……そこで己に負けず……見続けるのだ……」

「っ？　……っ！　〜〜っ！」

「目も逸らしてはダメだ……耐えろ……耐えて耐えて耐えて、男になれ、セリウス……」

と、そうこうしているうちに美女がこちらに近づいてくる。やがて二人のすぐ目の前を通り過ぎていこうとする。

セリウスの至近距離で魅惑的なお尻が揺れた、次の瞬間。

ブシュウウウウウウウウウウウウウウッ!!

「セリウスうううううっ!?」

鼻から血を噴き出して、卒倒してしまうセリウスだった。

「……酷い目に遭った」

村の病院で治療を受けたセリウスは、深々と嘆息した。

ガイとマンタの提案は論外だったが、ディルのそれも正直かなりグレーなものだった。

しかし段階を踏んでまずは水着姿から克服していくという考えは、決して悪いものではなかったように思う。

誤算だったのが、その程度でも鼻血を噴き出して倒れてしまうという、セリウスの重症ぶりだろう。

「ダメだ……こんなことじゃ、いつまで経ってもフィリアさんの期待に応えられない……」

自分の不甲斐なさっぷりに呆れ、絶望するセリウス。

と、そんな彼のところへ。

「災難だったようだな」

新たに現れたのはこの村の衛兵たちのリーダーで、『念話』のギフトを持つサテンだった。

かつては盗賊として村を脅かしたこともあったが、現在は完全に更生して【安全防衛部】の部局長まで務めている。

そのギフトの力もあって村有数の情報通でもある彼は、どうやらセリウスの状況も認識しているらしく、

「お前にこれをやろう」

「これは……？」

サテンがいきなり手渡してきたのは、一冊の本だった。

表紙を捲ってみたセリウスは、いきなり目に飛び込んできたそれに思わず絶叫してしまう。

「なななななああああああああっ!?」

そこには半裸の女性の姿があったのである。

動揺のあまり地面に落としてしまった衝撃で、ぱらぱらと他のページが捲れた。

「〜〜〜〜っ!?」

どのページにもあられもない姿の女性が描かれていたのだ。

思わず目を背けるセリウスに苦笑しつつ、サテンが言う。

「安心しろ。本物の女じゃない。こいつは全部、絵だ」

「絵、だって……？」

本物と区別がつかないくらいリアルだが、実際にはすべて絵なのであった。

『神絵師』というギフトを持つ村人が描いた〝えっちなほん〟だ。この村の男たちの間で、秘かにブームになっている。特にモテない男たちの間でな。今のお前に、ちょうどいい代物だと思って持ってきてやったんだ」

「た、確かに……絵だったら……」

ハッとするセリウス。

絵であれば本物よりもずっとハードルが低いはずだ。最初のステップとして、これ以上ないアイテムだろう。

しかも今まで提案されてきた方法と違い、罪悪感もない。女湯に侵入したり水着の女性をガン見したりするのと異なり、誰にも迷惑をかけないからだ。

「この本は何種類か出ている。別のが必要になったら俺に声をかけるといい。また手に入れてきてやろう」

それだけ告げると、サテンは踵を返して去っていく。

あまりにも男前で兄貴な彼の後ろ姿に、セリウスは〝えっちなほん〟を胸に抱えながら深々と頭を下げた。

「ありがとうございます！　これで必ず克服します！」

「ああ、頑張れよ、応援している」

……その後、この〝えっちなほん〟がフィリアに見つかってしまい、ひと騒動あったのはまた別の話である。

あとがき

お久しぶりです。作者の九頭七尾です。

お陰様でシリーズ7巻目となりました。

今巻では、初期から登場しているあのキャラやあのキャラが結婚したりと（念のためネタバレ防止）、人生の大きなターニングポイントを迎える村人が多くいましたね。

実は私も昨年、第一子が産まれまして、初めての子育てに四苦八苦する日々を送っています。

このあとがきを書いている時点で三か月を迎えたのですが、幸い元気に成長し（少し太り過ぎですが笑）、よく笑うようにもなり、大変ではあるものの、本当にかわいくて毎日癒されています。

それにしても、赤ちゃんって本当に「ばぶー」って言うんですね。単に赤ちゃんが言いそうというだけの、それっぽい言葉かと思ってました笑。

話が作品の方に戻りますが、今巻のラストではあのキャラが再登場しましたね。何やら不穏な感じではありますが……まぁ『村づくり』のギフトさえあれば、きっと何が起ころうと余裕ですね、うん。

そしてこの巻と同時に、コミカライズの方も第4巻が発売しまして、部数はなんとシリーズ累計30万部を突破したとかしないとか（したみたいです）。

原作ともども、これからもぜひ応援のほどよろしくお願いいたします！

それでは恒例（？）の謝辞です。

引き続きイラストをご担当いただいたイセ川ヤスタカ様、今回もまたまた素晴らしいイラストをたくさん描いていただき、本当にありがとうございます。

とりわけラウルが初登場した表紙のイラスト、いつもとは少し違うテイストですごくかっこよく描いていただきました！

また、担当編集さんをはじめ、本作の出版に当たってご尽力くださった関係者の皆様、今巻も大変お世話になりました。

最後になりましたが、本作を手に取っていただいた読者の皆様に心から感謝しつつ……今回はこの辺りで。ありがとうございました。

九頭七尾

少年村長ルークと、
可愛い女の子たちが奏でる
最強『村づくり』ファンタジー♪
コミックス
4巻の
続きも読める！
SQEX
ノベル
原作ノベル1巻～7巻も、大好評発売中です!!

万能「村づくり」チートで
お手軽スローライフ
村ですが何か？
1億PV突破！&
シリーズ累計30万部突破！
九頭七尾
ill イセ川ヤスタカ

万能「村づくり」チートでお手軽スローライフ
村ですが何か？
スクエニのマンガアプリ
マンガUP!にて
コミカライズ大好評連載中!
https://magazine.jp.square-enix.com/mangaup/

コミックス①～④巻も絶賛発売中!!
原作：九頭七尾・イセ川ヤスタカ
漫画：蚕堂j1

GC UP!
毎月7日発売
悪役令嬢は溺愛ルートに入りました!?
原作：十夜・宵マチ　作画：さくまれん
構成：汐乃シオリ
失格紋の最強賢者
～世界最強の賢者が更に強くなるために転生しました～
原作：進行諸島（GAノベル／SBクリエイティブ刊）　漫画：肝匠&馮昊（Friendly Land）
キャラクター原案：風花風花
神達に拾われた男
原作：Roy　漫画：蘭々
キャラクター原案：りりんら
転生賢者の異世界ライフ
～第二の職業を得て、世界最強になりました～
原作：進行諸島（GAノベル／SBクリエイティブ刊）　漫画：彭傑（Friendly Land）
キャラクター原案：風花風花
お隣の天使様にいつの間にか駄目人間にされていた件
原作：佐伯さん（GA文庫／SBクリエイティブ刊）　原作イラスト：はねこと
作画：芝田わん　構成：優木すず
ここは俺に任せて先に行けと言ってから10年がたったら伝説になっていた。
原作：えぞぎんぎつね（GAノベル／SBクリエイティブ刊）　漫画：阿倍野ちゃこ
ネーム構成：天王寺きつね　キャラクター原案：DeeCHA
勇者パーティーを追放されたビーストテイマー、最強種の猫耳少女と出会う
原作：深山鈴　漫画：茂村モト
マンガUP!
毎日更新
●「攻略本」を駆使する最強の魔法使い ～＜命令させろ＞とは言わせない俺流魔王討伐最善ルート～
●おっさん冒険者ケインの善行
●魔王学院の不適合者 ～史上最強の魔王の始祖、転生して子孫たちの学校へ通う～
●二度転生した少年はSランク冒険者として平穏に過ごす ～前世が賢者で英雄だったボクは来世では地味に生きる～
●異世界賢者の転生無双 ～ゲームの知識で異世界最強～
●冒険者ライセンスを剥奪されたおっさんだけど、愛娘ができたのでのんびり人生を謳歌する
●落第賢者の学院無双 ～二度目の転生、Sランクチート魔術師冒険録～
他

SQEX ノベル

万能「村づくり」チートでお手軽スローライフ
～村ですが何か？～　⑦

著者
九頭七尾
イラストレーター
イセ川ヤスタカ

2024年2月7日　初版発行

発行人
松浦克義
発行所
株式会社スクウェア・エニックス
〒160-8430
東京都新宿区新宿６－27－30　新宿イーストサイドスクエア
（お問い合わせ）スクウェア・エニックス　サポートセンター
https://sqex.to/PUB

印刷所
中央精版印刷株式会社
担当編集
稲垣高広
装幀
冨永尚弘（木村デザイン・ラボ）

ISBN978-4-7575-9042-7 C0093　Printed in Japan